JN325639

太宰治

調律された文学

大國眞希
Ōkuni Maki

翰林書房

太宰治——調律された文学◎目次

序

太宰文学におけるスペクトル

北川東子は書く。「哲学者には、聴覚・メロディー型と視覚・図像型がいる」[*1]と。この言に従うならば、通俗的な、親しみある小説家像として、楽器を弾く姿と絵筆を取る姿が浮かぶ。マンデリンを奏でる（「ぎたる弾くぎたる弾く」）萩原朔太郎、楽譜を片手に口笛で音を起こしながら歩く梶井基次郎、蓄音器のラッパの中に頭を突っ込むようにしながら旋律の流れに任せて跳ねまわり、セロを運ぶ宮澤賢治…。その点で想像するなら、太宰は楽器を奏でる姿より絵筆を持つ姿のほうが想起しやすい。

実際のところ、太宰が描いたとされる、フォービズム風の自画像は人口に膾炙している。今や、太宰の代表作に挙げられる「人間失格」（一九四八・六〜八）の中心人物である大庭葉蔵は、中学時代にゴッホに触発されて描いた、ぎょっとするほど陰惨な自画像を押入れの奥にしまいこんでいた。その「お化けみたい」な自画像と前述した太宰自身が描いた自画像とを重ねて、ある解釈を導き出す向きも否定できない。

太宰は「私」という視点を通して小説を構成した〈私小説作家〉として論じられることも多く、実際に作品を繙いてみても、「私」や「太宰といふ作家」や小説家が話の中心となっていることも少なくない。その一方で、芸術や天才の不可能性が話題となる作品においては、画家が登場する例も散見することを見逃してはならないだろう。「俗天使」（一九四〇・一）で「陋巷のマリア」を書く「私」は小説家だ。だが、題名に示された「俗天使」ではなく、〈神〉の助力を得た神品の例として挙げられるのは、小説ではなく、ミケランジェロの「最後の審判」である。「道化の華」（一九三五・五）に登場する、「人間失格」の中心人物と同姓同名の大庭葉蔵は美術大学に入り、洋画を専攻しており、芸術やそれに対するポンチ画とを話題にする。大庭葉蔵のポンチ画論は、その大庭葉蔵のことを書いている語り手のポンチ的な小説作品と重なる。その他、「水仙」（一九四二・五）に登場する「私」は絵を描き始めた女性の言動から芸術の尊厳や天才性を論じる。「きりぎりす」（一九四〇・一一）では、芸術美やその聖性を問題として、「私」が「あなた」相手にその有無を糾弾する。「あなた」とは「私」の夫であり、職業は画家だ。更に付け加えるなら、杉野君という洋画家の話を書いた「リイズ」（一九四〇・一一）――初出時の題名は「ある画家の母」であった――もある。

作家論的な接近法を取るならば、太宰治となる津島修治には東京美術学校に入学した夭折の兄圭治がいた。彼とは共に同人雑誌を発行するなど、太宰が文学的な素養においても影響を受けた人物と考えられる。また、義弟には小館善四郎がおり、――彼は「道化の華」に登場する小菅のモデルとされる――その交友関係から、基督教徒の洋画家鰭崎潤と親交を結ぶに至った。鰭崎のアトリエで絵筆を取ることもあったほか、書簡や回想には貸借した画集についての言及がある。「桜桃」（一九四八・五）には、表向き、エピグラフを除く本文は全くもって聖書とは関わり合いがない。寧ろ、「柳多留」などの言葉も見られ、離隔した印象を与える。しかし、エピグラフに掲げられた詩篇からの引用と繰り返される「涙の谷」という語を頼りに、聖書的な絵画の空間に描かれる寓意の網によって、背後に潜む聖母子像を浮かびあがらせれば、その読みは確実に拡がり、結末で「蔓を絲でつないで、首にかけると、桜桃は、珊瑚の首飾のやうに見えるだらう」と桜桃をわざわざ珊瑚の首飾りに喩えた必然性も理解できる。詳細は、以前に論じたことがあるので[*2]繰り返すことは避けるが、太宰が鰭崎に画集を借りたグリューネヴァルトのイーゼンハイムの祭壇画に見られる、幼子の首にかかるのと同種の珊瑚の首飾りがしっかりと描きこまれているのだ。

だが、太宰と絵画について考える場合、以上述べてきたような、作家論的な接近法からその思考の性向について考えることやイコノグラフィーに隣接した方法で作品を読むこと以外にも、作品の本質に迫りうる方法があるように思う。それは、透視図法という絵画技法をひとつの精神活動の様式とみなすことで、作品の解釈に新しい地平をもたらす方法だ。

〈象徴形式〉としての絵画空間を生成する起点となるのは、消失点であり、それを左右に拓いた水平線である。そして、〈象徴形式〉である小説に範疇化される太宰作品においても小説空間は消失点及び水平線によって構築されている。透視図法の水平線／地平線《オリゾンテ》とは、視点となる観察者が立脚する大地（もしくは水面）と彼を覆う天蓋とが、無限の彼方で交わる地点に生まれる概念であり、その直線的裂け目は、常に観察者の瞳を水平に横切らなくてはならない。デカルトは『屈折光学』の第五講「眼球で形づくられる形象について」で、眼底に形象が映し出される現象の最適なモデルとして、眼球の漿液中を屈折する光のさまを図式で解説し、この解剖図式を求めるために次のように指示する。*3

> もし眼の半分に切っても、目に充満している液体が流れださず、その諸部分が場所を変えず、切断面がちょうど瞳の真ん中を通るようにできるならば、眼はこの図に示されるようになるだろう。

ここでもメスによってルイス・ブリュニエル監督の「アンダルシアの犬」さながら、上下に沿い、真二つに裂かれる瞳が示されている。水平線／地平線とは、瞳を横切るものなのだ。

太宰が自作の構想メモとして使用していた文庫手帖（鎌倉文庫版）の昭和二三年三月一一日木曜日から一三日土曜日の頁を開いてみよう。そこには「あたしには、どうしても、（海の）水平線が（どうしても）乳房くらゐに傾いてゐるとしか、思はれないわ、地球は、本当に丸いんでせうね、ソンナ画かきを信用するワ」とあって、それを大きなカッコで括り、そのカッコから線をのばし、その線の先に人間失格と大書きして、それも丸く囲ってある。この走り書きから、太宰が水平線をかなり意識していたと指摘しうるし、「斜陽」の中で「お乳のさき」に水平線があるというのは、[*4]作品空間の構成全体に大きくかかわる発言と言えるだろう。それは本来そうあるべき瞳ではなく、乳房を横切る。そのような水平線は「傾いてゐて」在り得ないのだが、そのような世界を（世界観を）示す画かきこそ信頼すると宣言している。しかし、それは（手帖の走り書きによれば）「人間失格」を意味する。そのような傾いた世界は人間失格者が見る世界を体現しているということなのか、そのように傾いた水平線／地平線を有する画家を信頼することは人間失格を意味するということなのか、それら全部を含めた内容が小説「人間失格」の世界を示すのか、正解は判断できないが、とにかく「傾い」た水平線は小説「人間失格」に通じており、「傾いて」いても、もしかしたら「傾いて」いるからこそ信用するということだろう。ここから、世界を生成するとされる水平線／地平線を意識し、それを活用して作品を描いている作家の姿を見いだせる。

消失点を起点として空間を生成することを意識しながら、また意識しているからこそ、その消失点の限界性／不可能性（という可能性）に考えが及び、それを、小説を書くときに利用している。つまり、太宰作品において、消失点という機能と概念が、透視図法（という象徴形式）によって生み出された絵画空間と私小説という形式によって組上げられた言語空間とを作品の中ですり合わせ、その効果を利用して、語れることの限界や不可能性、理性や自己存在の不安とそこから生み出される美しさを描き出したのだ。

太宰なりの〈私小説〉の形式を有した文学空間（文学世界）を理解するときに如上の透視図法を利用すると、その構造を読み取りやすくなる理由としては、太宰が有していた絵画という象徴形式に関する知識も挙げられるだろう。更に、ロマン派への関心も影響している。太宰はノヴァーリスに結びつく「青い花」と冠した同人誌を中心となって発刊し、後に「日本浪曼派」にも参加している。「『人間キリスト記』その他」[*5]のなかでは「鏡を、ふたつ對立させると、鏡の中に、また鏡、そのまた奥に、また鏡、無限につらなり、つひにはその最奥部に於いて、青みどろ、深淵の底の如く、物影がゆらゆら動いてゐる」と書き記すが、この合わせ鏡によって例示される「無限の二重化」こそが、ロマン主義の、世界を切り出す（作り出す）ひとつの典型的な形式である。[*6] この反省《リフレクション》による、到達不可能な無限遠点が透視図法で言うところの消失点にあたる。

この消失点はさまざまな形象として作品内に出現する。たとえば小説の舞台となっている空間を超えた場を示すことによって、文学空間の虚構性の限界点とその可能性を示す場合など、太宰作品では鳥の影が多く出現する。単純に消失点を示唆する徴に鳥が焦点化される場合もある。

『女の決闘』（一九四〇・一〜六）は、森鷗外の翻訳、太宰の加筆部分（DAZAIの小説）、太宰の加筆を解説する部分といくつかの異なる文学空間を示し、それらを継ぎ接ぎして作られた、メタ構造を有する作品である。DAZAIの小説の中では、森鷗外の翻訳の外側で出来事の全てを見ていた——メタの視線を有する——原作者が、森鷗外の翻訳の中にある窓ガラスにその姿を映しだす瞬間に、窓ガラスは弾によって打ち壊され、鳥の影が空に舞う。この「割れた窓ガラス↓暗転↓鳥の影が空に舞う」場面は太宰治の『女の決闘』を形づくるそれぞれの文学空間（鷗外の翻訳・DAZAIの小説・解説部分）の全てで繰り返し描写され、重複する唯一の場面である。言い換えれば、この鳥の影によって、異なる位相の文学空間が串刺しにされているのだ。このように、鳥の影は『女の決闘』では、文学空間の限界性とその空間を超えるメタレヴェルを示唆するものとして登場する。「フォスフォレッセンス」（一九四七・七）では、夢と現実の往還による無限の二重化が形成されるが、それらを超える地点を示唆する鳥が登場する。「秋風記」（一九三九・五）はもともと「サタンの愛」として書かれた作品が書きかえられた小説だ。そのため、「秋風記」のなかに、残存する「サタンの愛」の消失点を鶺鴒として見いだせる。「秋風記」の複雑な（かつ魅力を発する）ところは、「サタンの愛」の痕跡を残しつつ、それとは別の消失点によって、空間が再生成されている点だ。

太宰作品と消失点、つまりは透視図法を考えた場合、鳥はひとつの重要なモチーフと指摘しうる。太宰自身、「一燈」（一九四〇・一〇）のなかで次のように書いている。

藝術家といふものは、つくづく困つた種族である。鳥籠一つを、必死にかかへて、うろうろしてゐる。その鳥籠を取りあげられたら、彼は舌を噛んで死ぬだらう。

ここで芸術家の存在を、鳥籠を必死にかかえていると形象している点は見逃せない。消失点から拓かれた世界は、幾何学的なグリッド、つまりは、その世界の形にそれぞれのアスペクトを与える格子によって理解される。その格子は鳥籠の格子と重なっているのだろう。この鳥籠の中の鳥は有名な帽子の形をしたウワバミ内の象や箱の中の羊たちさながら、姿が見えない時もある。あるいは、その声だけが響いてくることもある。であればこそ、「鳥の入った籠」とは言わずに、「鳥籠」とだけ示されているのだろう。それらのことを考えても秀逸な比喩だ。

消失点はその定義から考えても、観察者の視点によって生成されるものであり、逆にいえば、空間を生成している消失点を見出すことにより、その空間を観察している地点を割り出すことが可能となる。太宰作品では、鳥の影を写す美しい瞳を有する人物が登場する。「女生徒」（一九三九・四）のなかの視点人物「私」が憧れる瞳だ。「鏡に向ふと、そのたんびに、うるほひのあるいい目になりたいと、つくづく思ふ。青い湖のやうな目、青い草原に寝て大空を見てゐるやうな目、ときどき雲が流れて寫る。鳥の影まで、はつきり寫る」。この湖の写る鳥の影は「フォスフォレッセンス」（一九四七・七）にも変奏される。「鷗」（一九四〇・一）の冒頭に登場する、芸術の拠り所とされる、空を写す水溜りも、空を漂う鳥の眼から眺められた映像であり、これもまた、「鳥の影」を写す水鏡の変奏に数えられるであろう。[*7]

消失点としての鳥（の影）とアスペクトを有する透視図《グリット》で形成される小説空間を考えるうえで、なかなか示唆深い作品があるので、以下に取り上げてみたい。その前に確認しておくと、太宰作品は消失点によって空間が生成されているというより寧ろ、消失点で生成されるのを活用している、ともっと積極的に評し得る。このことは太宰治がメタ小説を書いたことを意味し、彼が私小説作家ではなく、〈私小説〉を利用した作家であることと同義である。何故なら、理性による格子によって世界を理解することは、いわゆる〈近代的な自我〉の形式と機を一にするものであるから。換言すれば、世界に比率を与えることは、その秩序によって ratio つまりは理性を得ることを意味するのだ。[*8]

では、消失点に浮かぶ鳥の影がアスペクトを与える世界を利用して描かれた示唆深い小説の一例として、「駈込み訴へ」を読んでみよう。

「駈込み訴へ」（一九四〇・二）は聖書に取材した作品だ。言うなれば、聖書内のユダを〈近代的な自我〉による声で語らせた作品である。イエスを引き渡したユダの、文字通りイエスの居場所を駈込み訴える声、「申し上げます。申し上げます。旦那さま。あの人は、酷い。酷い」で始まる、一人称で語られる形式を有する。この小説の読後にはふたつの疑問点が生じる。ひとつめは、小説の結末に突然示される鳥の声は何を示すのか、ということ。これについては多くの先行研究で論じられている。ふたつめは、単にイエスの居場所を告げればよいだけの語り――ユダが駈込み訴えた先の相手である「だんなさま」が望んでいるのは、イエスの居場所だけであるはずだ――が、イエスを愛している、殺してやると揺れ動くユダの心を滔々と語るものとなっているのは不自然ではないか、ということ。後者についても矛盾するユダの論旨の意味や語りを分析する先行研究がある。[*9]本作では、「あのひと」（イエス）を「生かして置けねえ」とぞんざいに語り、一方では「生かして置いてはなりません」と丁寧に語る。あたかもユダは二重人格者であるかのようなのだ。論理性を欠いていて、例えば森厚子は本作の語りの構造を詳細に分析し、「あの人を殺さなければならない」という決意に「愛の行為」と「復讐」と相反する命名が冠されていると指摘している。[*10]

そして、高塚雅に至っては、「ユダは「あの人」を売る密告者というよりも、「あの人」に対しての恨み言を旦那さまに言い募っている人物だ。「あの人の居所を知つてゐます、すぐにご案内申し上げます」とは言うものの、それから次々と、旦那さまにとってはどうでもいい、「あの人」に対する割り切れない感情を、自身の仮想を織り交ぜながら尽きることなく語っていく」と指摘し、「旦那さまがユダの愚痴を無言で聞いているのはやはり不自然」であるから、「このテクストは、ユダの意識の内部でシミュレートされた訴え（思考）を文字化したもので、テクスト上でのことは、実演されていない架空の出来事となる。このように捉え直すことで、ユダの〈多声〉の説明がつく」と論じている。[*11] かような指摘は本作のある側面について正鵠を得ている。

本作にも、やはり鳥の影を写し得る、「湖水のやうに深く澄んだ大きい眼」を有する人物が登場する。マリヤだ（マリヤとマルタの姉妹が登場し、妹が美しい眼をもつとの設定は「雪の夜の話」に通じる）。この人物は、「あの人が、たとへ微弱にでも、あの無學の百姓女に、特別の感情を動かしたといふことは、やつぱり間違ひありません」と語られる、「あの人」が「特別な感情」を動かした相手であり、「私」が望んでも望んでも得られない何かを得た（ように「私」には思える）人物だ。これをきっかけにして、「私」は、「ふいと恐ろしいことを考へるやうになりました」とされる。「悪魔に魅こまれた」のだと。

ユダは「澄んだ大きな眼」を持たない。鳥の鳴き声は聞こえるのだが、彼はその姿を、その正体を透かし視ることができない。

私がここへ駈け込む途中の森でも、小鳥がピイチク啼いて居りました。夜に囀る小鳥は、めづらしい。私は子供のやうな好奇心でもつて、その小鳥の正體を一目見たいと思ひました。立ちどまつて首をかしげ、樹々の梢をすかして見ました。

結末の「あのひと」を売り渡すに至って「私」はいきなり、駈けこむ途中からずっと聞こえていたはずの鳥の声について、言及する。梢によって形作られる線を透かし視ても、焦点を結ぶことがない鳥。それは、ひとつの透視図法で描かれた絵画を斜めからみているかのように、ある透視図法に隠された何かの形象が引き延ばされた影《ノイズ》に見えるように、彼の目には焦点を結ばず、捉えることができない。であればこそ、「ああ、小鳥の聲が、うるさい。耳についてうるさい。どうして、こんなに小鳥が騒ぎまはつてゐるのだらう」と、彼にとっては理解することができない雑音として捉えられている。

先行研究においては、「イエスを売るという行為をなす「私」にとっての良心であった」に代表されるように、鳥の声とは、ユダ自身（の内面を表す一部）であると論じられてきた。[*12] もしもユダの内心の声であるとするならば、なぜそれが〈鳥〉の形を有しているのか。その必然性はあるのだろうか。さらに言うならば、この〈鳥〉は、「私がここへ駈け込む途中の森でも」ピイチク啼いていたと語られている。それなのに、結末でのみそのことに触れられるということは、その瞬間にだけ良心が意識化され（顕在化し）、イエスを売った「私」が銀貨を受け取った途端に、その鳥の声は聞こえなくなる（つまり、良心が消滅する）、ということだろうか。「あの人を愛してゐる」から「あの人はヤキがまはった」から「私」が殺すと論理的な齟齬や破綻が見られる、自身の内面をあんなにも語ってきた「私」には、ずっと良心が顕在化せず、しかもイエスを売った途端に良心を失くすのだろうか。

すでに売ると決めて駈込み訴えたはずである。この作品は「私」が訴えている、その語りである。蛇足ではあるが、外伝風に伝えれば、マタイ福音書では駈込み訴えた後のユダは後悔し、首を括る。〈ユダの後悔〉を受難図に数えることもあり、[*13] レンブラントは改悛する姿を描き、更には服を引き裂いて後悔する場面さえ描かれることもある。

寧ろユダと後に名乗ることとなる、「私」の延々と続く語りにこそ、良心（売ることへのためらいや躊躇、言い訳をせざるを得ない後ろめたさ等々）を感じられはしまいか。冒頭の語り始めから、彼は駈込み訴えるという決定的な事を成しているのだ。もうひとつ、この小説の題名は「駈込み訴へ」であるが、その語句が本文に見られるのは、唯一「私がここへ駈け込む途中の森でも、小鳥がピイチク啼いて居りました」と、鳥がずっと啼き続けているのを示した箇所のみであることにも留意したい。

先行研究で鳥の声が〈良心〉と解釈されてきたのは、この愛憎に揺れ動く内面をそのままに語り続ける「私」の語りによって構築されている本小説空間において、「私」の語りのメタ地点にたち、そのために「私」の内面を、内面によって構築される小説空間そのものを救いうるのではないかと読者に期待させるからであろう。〈良心〉と解釈するか否かはともかく、この鳥の声が語りのメタの地点を示すことは間違いない。

「駈込み訴へ」に似た小説空間とメタ地点の〈声〉を有する作品に「きりぎりす」（一九四〇・一二）がある。以下、理解を深めるために「きりぎりす」に触れておきたい。「きりぎりす」は、結婚前に見た画から「美しいひと」と信じていた夫が、画家としての地位をあげて低俗化していくさまを目の当たりにした妻「私」が、夫である「あなた」へお別れを告げる一人称形式の小説だ。このような内容から、先行研究では通俗化する夫とそれを糾弾する、あるいは、戒める反俗の妻という図式が読みこまれてきた。一歩進んで、夫のみに俗物の汚名を着せず、もう少し相対的な視点を読みこんだ研究もあるが、いずれにせよ、反俗か通俗かを軸として論じられてきた。だが、もともと「私」は「あなた」の人間性ではなく、彼に会う前に彼が描いた「小さい庭と、日當りのいい縁側の畫」を見て、彼との結婚を決めたのだった。その絵に「美」を、月桂樹を戴冠される聖なる「美」の存在を、感じ取り、それに共振して、震えのとまらなかった「私」は、その絵画体験の後に、直接「あなた」に会い、結婚を決めた。そして、「畫」によって感じた聖なる「美」の存在を、結婚を決めた「あの頃も」、別れを告げる「いまもなほ信じて居ります」と繰り返し断言して憚らない。問題の中心は、夫の俗っぽい性格ではなく、「私」が彼の画から感じた、神の祝福を受けたかのような（月桂樹を冠する天使のような）「美」の存在だ。聖なる「美」の存在があるのかないのか、その問題を解く鍵を、鳴いていた「こほろぎ」の声が「きりぎりす」へと変わる事態が与える。

結末で別れを決意した「私」は縁側で「こほろぎ」が鳴いているのを聴く。

電氣を消して、ひとりで仰向に寢てゐると、背筋の下で、こほろぎが懸命に鳴いてゐました。縁の下で鳴いてゐるのですけれど、それが、ちやうど私の背筋の眞下あたりで鳴いてゐるので、なんだか私の背骨の中で小さいきりぎりすが鳴いてゐるやうな氣がするのでした。この小さい、幽かな聲を一生忘れずに、背骨にしまつて生きて行かうと思ひました。

本作で縁側が登場するのは三回。一度目は、前述した、最初に「私」が「美」を感じた「あなた」の画。

あれは、小さい庭と、日當りのいい縁側の畫でした。縁側には、誰も坐つてゐないで、白い座蒲團だけが一つ、置かれてゐました。靑と黄色と、白だけの畫でした。

そして、次に、有名になり（俗化していく）夫に料理をご馳走されるよりも、へちま棚を作ってほしかったと「私」が訴える場面。

八疊間の縁側には、あんなに西日が強く當るのですから、へちまの棚をお作りになると、きつと工合がいいと思ひます。

それは植木屋ではなくて「あなたに、作つていただきたいのに」と強調されるが、果たされることはない。植木屋が作るのでは意味がない。夫に縁側にへちま棚をつくってほしいと訴える、彼女の真意は、「私」と「あなた」との生活は、「お金持の眞似」をするのではなく、あの画を描いたように、あなたの観点に立ってつくってほしいということなのだ。縁側は「あなた」が描いた縁側と結びついている。「あなた」が画家であることを念頭に入れるならば、へちま棚の格子はカンヴァスに引かれる透視図《グリッド》と、結びつく。また、へちまの形と色とは、後に登場する「きりぎりす」の予型であろう。

そして、最後に登場するのは、先に引用した「こほろぎ」が羽を振るわせる縁側だ。そして、何故だか、「こほろぎ」は私の背骨で「きりぎりす」へと転生する。ここで思い出したいのは、「私」が「美」を見出し、「二、三日、夜も晝も、からだが震へて」ならなかったことだ。「私」は「あなた」の画が有する「美」の本質に触れ、それに共振し、体の震えがとまらない。そして、「こほろぎ」も又、「あなた」の画が「誰も坐つてゐない」不在の縁側であったことを髣髴とさせるかのように縁の下でその翅を震わす。この「こほろぎ」の震えは、かつて「あなた」の画を見たときに「私」を震わせた「美」と同質のものだ。

日本文学史のなかで「こほろぎ」と「きりぎりす」とは修辞的に結びつくとは言え、懸命に鳴く「こほろぎ」が、美しい「きりぎりす」へと転生するのは、常識では考えられない「不思議」な出来事、既知の自然法則を超越した、奇蹟だ。それはどのように起こったのか。

「あなた」の画を見たときに、その本質に触れ、「私」が震えたことは、「私」がわざわざ表象を支える色彩そのものにまで還元して、「あなた」の画を捉えていたことと無関係ではない。思い出してほしい。「私」は「あれは、小さい庭と、日當りのいい縁側の晝でした」と説明した後に、わざわざ「青と黄色と、白だけの晝」と言い換えていた。

色とは、光波のスペクトル組成の差異によって区別される感覚だ。それは光の波長によって規定される。この色彩という波に共振し、「私」は震えたのだ。そして、結末に起こった奇蹟は、「こほろぎ」の声の波が、「きりぎりす」という色彩の波へと変化したことを意味する。青と黄色と白を混ぜたら何色が生まれるか。「きりぎりす」色だ。声という波から色——青に黄色とそして白を足して生み出される「きりぎりす」色——という波の震えへ。

このような奇蹟により、メタの地点から、「あなた」は、そして「あなた」を語る「私」は、その語り全てが、肯定される（ように思える）。それが太宰作品の多くに見られる構造である。

本稿の前半で論じた「駈込み訴へ」も「きりぎりす」と同様の構造をもつ。結末に「私」によって唐突に触れられる「鳥の声」は、「私」の語りのメタ地点を示唆し、その位置から「私」の語り全体を肯定する事態を期待させる。だが、ユダの存在と共に鳥が描かれる聖書的な世界を描いた図像学を勘案すると、「駈込み訴へ」では同じ構造を有しながら、違う事態が生じていると理解できる。石原綱成によればシュトゥットガルト詩篇の挿絵やヴィスシャルドの戴冠典礼書写本に、鳥と共に描かれるユダの姿が見られるという。最後晩餐の場面を描いた絵画と首を括るユダの姿を描いた絵画に。[*14] 前者では晩餐でイエスがパンをユダの口に押しあてた瞬間を描きだし、ユダの口には鳥が飛び込んでいる。聖書の一節、「ユダ一撮の食物を受くるや、悪魔かれに入りたり」を表現しているという。そして、後者は首を括ったユダの口から鳥が飛び出している。これらの鳥の姿が示しているのは悪魔だ。ユダの中にいる「鳥」は、悪魔なのだ。

但し、「駈込み訴へ」では、「鳥」が悪魔を示唆することが最重要事項ではない。愛と憎に揺れ動く「私」は、結末になって、金ほしさに「あのひと」を売った「商人ユダ」であると名乗る。報酬の銀貨を受け取った瞬間に、「私」

が駈込み訴える間ずっと鳴いていた「鳥」の声が消え去るように思われる。今まで揺れ動いていた語りのブレが統一され、空間が急にクリアーなものとなり、そこではユダの名乗りの声だけが不気味に響くからだ。まるで鳥の声が銀貨に吸収されたかのように。銀貨という重さによって磁場を得た「私」は、今まで引き延ばされた影《ノイズ》のように透かし視ることが出来なかった「鳥」の「正体」を理解する。斜めから見ていたために理解できなかった画を正面から視る（あるいはその逆）が如く。それが、「鳥」の声が消えたことが意味する事態である。そう言えば、蛇足であるが、ratio は金銀比価もまた意味するのだった。

　最後の最後になって、「私」は「商人ユダだ」と名乗る。この時、「私」はずっと騒音にしか思えなかった「鳥」の声を理解する。それは「あのひと」の居場所を「だんなさま」に訴えた「私」自身の声であった。[*15] ここにおいて前述の疑問も解決される。つまり「私」の肉体が「だんなさま」に向かって発話している声の（「悪魔に魅入られ、」「あの人」の居場所を訴える）内容と、本文で展開される「あの人」への愛憎混じる心情を訴える内容とは違うものなのだ。分裂し、内面に残されていた「私」の自我は、もう一つの主体に侵蝕されるまでの間、舞台空間内に響いているであろう声の内容を理解することができない（「あの人」の居場所を訴える自身の肉体の声にもかかわらず、まるで鳥の声の騒音にしか聞こえない）。この二つの主体の統一（あるいは片方の消滅）という事態は、目の前に出現した銀貨によってなされ、その移行が不気味なほど自然な流れで果たされる。思えば、冒頭から「駈込み訴へ」が「申し上げます」「申し上げます」「酷い」「酷い」と二重の声によって構成されていたのは、「私」の愛憎に揺れる内面と「私」が「あの人」を「だんな」に売る声とが別々であったことを仄かしていたのではなかったか。「私」の肉声と「私」の内面の思いとの二重性が明らかになれば納得がいく。作品内の「だんなさま」の聞いている引き渡す訴えの声と読者が読んでいる内面を訴える声（ここでは、裁判所などに言上する意と不平不満を告げる意、「訴え」

という言葉自体も二つの意味が掛けられている）の二重性が示され、もしかしたら、そもそも、それぞれの声が発する言葉の内容さえも違うかもしれないと想像させられる。この作品ではそれほどまでに、語りの精神が引き裂かれているのだ。

「駈込み訴へ」が、太宰の他の多くの作品と一線を劃す点は、作品や登場人物を肯定する、太宰なりの〈小説というものへの〉信仰を感じさせるメタの地点から届く光や声を利用するという枠組みはそのままに、そのメタ地点に聖なる鳥ではなく、「悪魔」を示唆するような「鳥」を置き、小説世界を描きだした点だ。もちろん全能の神と悪魔の存在という古典的（かつ普遍的）な疑問に通じる神学的な問いの余地は残る。それでも、メタ地点の鳥を〈悪魔〉につながるものとした意味は重い。「私」が「あのひと」を愛しているとか憎んでいるとか、そういった人間的な心の揺れから裏切ったのだとすれば、それは人間ゆえの行いであり、まだ救いの余地がある。だが、「私」が裏切った行為は、それとは別の次元で行われた転回であった。その意味で、延々と内面を語る「私」が小文字のユダであるなら、結末において名乗るユダは大文字のユダである。

太宰作品にはその小説空間を生成する消失点があり（そこに「鳥」（の影）が置かれることも少なくなく）、その消失点からは光が差し込む。そこに色彩を感じとれるのは、その色彩が何かを反射して映る形而下の、いわゆる色彩ではなく、スペクトルそのもの、極光だからだ。だからこそ、その色彩という波長は、音という波長へと変化したり、転回したりすることが可能となる。

太宰と絵画に戻ろう。冒頭で、太宰作品を考えるにあたって、絵画と音楽のどちらに親和性があるかを述べた。太宰は実際に絵筆を取っていたし、作品制作にあたっては、水平線を問題とし、消失点とそこから拓かれる透視図《グリット》を利用して、芸術を生み出した。その意味では、太宰は視覚・図像型の小説家だと言えるかもしれない。音楽よりも絵画のほうに、より親和性が高いと主張したくなる。しかし、消失点からは光が差し込む。光のスペクトルは色彩を、そして音を響かせる。この点を正確に捉えるならば、太宰作品が絵画のほうにより親和性があるとするのは正確な評価ではない。聴覚か視覚か、音楽か絵画か、二者択一を迫るのは正しくない。問われるべきはこうだ。小説の中の色彩は、音は、どのように生成され得るのか。

音が色彩に姿を変えるのは、何も太宰作品に限りはしない。近代小説一般に見られる現象だ。例えば、山川方夫の「夏の葬列」（一九六二・八）に。「夏の葬列」では、日常的な「風景」から、あるアクセントをもつ、意味を有する〈風景〉へと変化するとき、日常的な「風景」に底流して響いていた「海の音」が姿を消す。つまり、この「海の音」が消失点となって〈風景〉を生成する。その〈風景〉には傾きがあり、ある意味をもつ。物語が調律されたと言ってもよい。永遠に繰り返されているような過去の〈風景〉が拓けるのだ。調律され、物語が進行する〈風景〉には「芋畑」が大きく描出される。そしてその「芋畑」は「海」の比喩をもって描かれる。「真昼の重い光を浴び、青々と葉を波立たせた広い芋畑」、「芋畑は、真っ青な波を重ねたみたいに」というふうに。それは、青という色彩と、そして、その青が風によってさざめく時、あたかも白波立つかのように（「芋の葉を、白く裏返して風が渡っていく」）、白によって表象する。換言すれば、消失点となって消えた「海の音」は、青と白の色彩となって〈風景〉を作り出しているのだ。ここでは、消失点としての「海の音」が青と白という色彩となって、形象を描きだしていると指摘できる。[*16]

そうであるならば、色彩が音に変化し、世界を生成するさまが捉えられることの他に、太宰作品には、どのような特徴が見られるのだろう。太宰作品における音へと変化する色彩にはどのような特徴が見られるのだろう。

本書では、このような前提（問題意識）に基づき、太宰作品の〈音〉に注目しながら、本章でも取りあげた「きりぎりす」「駈込み訴へ」の他、「I can speak」「斜陽」「秋風記」「薄明」「雪の夜の話」「道化の華」「断崖の錯覺」「右大臣實朝」「ダス・ゲマイネ」をそれぞれ個別的に論じてゆく。

本書で言う〈音〉とは、実際に鼓膜を打つ「音」や直接的に「音」と結びつくオノマトペを指すのみならず、高橋英夫が言うところの「音楽性の現場」[17]あるいは、高橋良介が「場所の言葉」を説明するにあたり（「世界――内――言語」ではなく）「世界――起――言語」[18]と強調したことにならい、「世界――内――音」ではなくして「世界――起――音」と呼びうるような、前川陽郁の重要視する「音楽的現前」[19]にも通じる、文学という〈象徴形式〉を考えるための概念であることを予め断わっておきたい。この〈音〉に留意しながら太宰作品を構築する言の葉の繁みに入りこみ、耳をすませば、いかにして太宰作品が調律されているのか、その調律の様を、あるいは、太宰の小説空間にいかに〈音〉が響くのかという、その重層性、音響についてを明らかにすることが可能となるだろう。

そのことを通じて、太宰が「藝術も據りどころが在る」とした青空を写す水溜まりを（青空から見る）風景の二重性から生じる〈音〉や太宰が提示した「藝術家」という（緑の葉の繁った樹の陰に身を潜めて「醜い」生き物が笛を奏する）絵の〈芸術性〉を体験的に理解できるだろう。

いざ、調律された言の葉の繁みの中へ、響く〈音〉に誘われて、分け入ろうではないか。

注

＊1 『ジンメル　生の形式』（講談社、一九九七・六）

＊2 「桜桃」に見られる消失点としての種と作品が結ぶ形而上の桜桃の実については、拙著『虹と水平線』（おうふう、二〇〇九・一二）を参照されたい。

＊3 『デカルト著作集　第一巻』（白水社、一九七三・五）

＊4 「斜陽」（一九四七）には、「海は、かうしてお座敷に坐つてゐると、ちやうど私のお乳のさきに水平線がさはるくらゐの高さに見えた」と書かれている。

＊5　『文筆』（一九三九・七）

＊6　ロマン派における世界観と無限の二重化については、ヴィンフリート・メニングハウス『無限の二重化』（法政大学出版、一九九二・三）に詳しい。

＊7　高橋英夫は『音楽が聞える――詩人たちの楽興のとき』（筑摩書房、二〇〇七・一一）のなかで宮澤賢治の「春と修羅」をとりあげ、「空から、梢から深々と降ってくる光があり、地の底から「喪神」の思いで仰ぎ見るさかしまの眼差しがある。だからそれは「二重の風景」だ。「しんしん」たる静寂。だが、からすは「ひらめいてとびたつ」。この「喪神」の中に、賢治のいまだに声にはならない声が、音楽にはならない音楽が封じこめられている。（中略）これは、賢治の「音楽」ではない、まだこれは「音楽」になっていないだろう。だが、ここは「音楽性」の現場ではなかろうか」と語っている。水溜りとそれがうつす空の形象は太宰作品でも繰り返される動機《モチーフ》であり、そこに「音楽性」の現場を捉えている点は示唆深い。

＊8　言うまでもなく、ratio は数学における比率の意であり、rationalist は一般に理性者を意味する。透視図法と近代的自我や理性について論じた先行研究は数多い。一例として、西村清和は「西洋近代において内面とは、たんに良心と情欲との葛藤にひきさかれた古典的な「心」ではなく、なによりも自己意識と自己反省の領域である」と指摘（『イメージの修辞学』三元社、二〇〇九・一二）し、木岡伸夫は『風景の論理』（世界思想社、二〇〇七・六）で、「空間の統一性、さらに世界の統一性が主観の構成によるものだという思想は、十八世紀に至り、カントの超越論的観念論によって理論的な完成を見た。空間の幾何学と遠近法は、このように二元論的な知覚図式を基盤として、近代世界に浸透していった。この二つの理論が交錯し、融合し合ってたがいにつよめ合う地点に、視知覚の実践である近代的風景の成立を見とどけることができよう。じっさい、無限遠の消尽点といったモチーフは、風景画から宇宙空間に至るまで、近代世界を普遍的に覆っていたこの図式に伴うものである」と述べている。

＊9　例えば磯貝英夫は「饒舌――両極思考「駈込み訴へ」を視座として」（「国文学」一九七九・七）で、本作の語りを「両極思考」と呼んでいる。
＊10　「太宰治『駈込み訴へ』について」（「解釈：国語・国文」寧楽書房、一九七九・二）
＊11　『太宰治〈語りの場〉という装置』（双文社出版、二〇一一・一一）
＊12　渡部芳紀「『駈込み訴へ』論」（『作品論太宰治』双文社出版、一九七六・九）、鳥居邦朗「『駈込み訴へ』――精神家の死」（『太宰治論』雁書館、一九八二・九）、山口浩行「『駈込み訴へ』試論――「小鳥の声」の獲得――」（「稿本近代文学」一九九一・一二）、野口尚史「太宰治『駈込み訴へ』小論」（「緑岡詞林」二〇〇一・三）、陸根和「『駈込み訴へ』論」（「実践国文学」一九九五・三）、洪明嬉「太宰治『駈込み訴へ』論――イエスを畏れるユダ像を中心に――」（「日本文芸研究」二〇〇一・六）などの先行研究では、切り口、投射の仕方こそ違えども「彼の自意識そのもの」「内なる呼び声」「内心の嘆き」「本来の資性」「ユダの心」と、すべてがユダの中の（時には識域下の）声として捉えられている。
＊13　受難図は〈キリストの逮捕〉にはじまって〈キリスト磔刑〉に終わるが、広義には、〈エルサレム入場〉、〈神殿を潔める〉、〈最後の晩餐〉、〈使徒の聖体拝領〉、〈橄欖山での苦闘〉、〈ユダの裏切り〉、〈ユダの接吻〉、〈キリスト逮捕〉、ついで〈ペテロ否認〉、および〈ペテロの後悔〉、〈ユダの後悔〉および〈ユダの自殺〉が続き、〈審問〉、〈鞭打ち〉、〈茨の冠〉、〈この人を見よ〉、〈十字架を負う〉を経て〈磔刑〉となる。
＊14　「ユダの図像学」（荒井献『ユダとは誰か』岩波書店、二〇〇七・五）
＊15　「あの人はいま、ケデロンの小川の彼方、ゲッセマネの園にゐます」と「あの人」の居場所を告げ、それが鳥への言及につながること、そしてその言及箇所に唯一、題名を示す「駈込む」という語があることも今一度想起されてよい。

＊16 「夏の葬列」の読みについては、拙稿「自己反省としての風景と音——山川方夫「夏の葬列」と浅田次郎「蝉の声」」（「近代文学合同研究会論集」二〇一三・一二）も参照されたい。
＊17 ＊7に同じ。
＊18 『聞くこととしての歴史——歴史の感性とその構造』（名古屋大学出版会、二〇〇五・五）
＊19 『音楽と美的体験』（勁草書房、一九九五・三）では、「それ自体としてあり、我々が我々自身であることを可能にする」音楽の性格を捉え、「音楽的現前」について論じている。

I

聲と色彩

〈幽かな聲〉と〈震へ〉——「きりぎりす」

「きりぎりす」は、芸術をめぐる à-Dieu の物語だ。[*1]

「おわかれ致します」で始まる本作は、「あなた」と呼びかけられる「夫」に向けた別れの言葉によって成り立っている。その言葉のなかには「いちど死んで、キリスト様のやうに復活でもしない事には」や「この世では」や「私には、それでは、とても生きて行けさうもありません」などの死を髣髴とさせる言葉が散在し、書類上の離縁を通告しているのではなく、現世に生きる「あなた」との永訣を仄めかしているとさえ考え得る。

更に歩を進めるなら、単に決別を告げる内容だけではないことに気づく。開口一番、別れを明言しながら一方で彼女は、「私は本氣で、申し上げてゐるのです。おしまひ迄お聞き下さい。あの頃も、いまも、私は、あなた以外の人と結婚する氣は、少しもありません」（傍点引用者、以下同様）と云う。しかも、これと似た表現が、もう一度繰り返される。「額」に「月桂樹」を冠せられる「天使」のような存在。「ひとりくらゐは、この世に、そんな美しい人がゐる筈だ、と私は、あの頃も、いまもなほ信じて居ります」と。彼女は結婚を決意した当初と変わらず、今でも「あなた以外の人と結婚する氣は、少しもありません」、「あなた以外の人は、私には考へられません」と言い、結婚を決意した時に「あなた」の画を通して感じた「美しい人」、「美」を今猶、信じると確言する。

しかも、「おわかれ致します」で始まった言葉が、出会いから別れのいきさつまでを説明し、再び「おわかれ致します」という決意表明に辿りついても、彼女は話すのを止めない。夫である「あなた」との別れを決意しながらも、しかし、「私」を震わせ、結婚を決意させた、「あなた」の描いた画を通して感じた「美しい人」を信じるという。à-Dieuとはこの場合、永訣の挨拶だけを意味するのではない。「きりぎりす」は、夫と別れることによって引き寄せられる再会の物語でもあるのだ。

1　先行研究の「通俗／反俗」とイソップの寓話「蟻ときりぎりす」

周知のように、本作は「俗（通俗／反俗）」を鍵として語られることが多かった。ひとつには、通俗化する夫とそれを諌め、別れを告げる反俗の妻を指摘する論考群がある。早くは平野謙による「都新聞」に掲載された「文芸時評」をその代表として挙げられよう。*2 一方に、その平野謙の「文芸時評」を補足する形で、高見順が「その悲劇は、しかし、夫の度しがたい俗物根性のせゐだけではなく、妻の救ひがたいエゴチズム、女の『こわさ』のせゐでもある、さう言ひたいのだ。いはゞ、両方悪いのだ」と述べたような、妻である「私」の「エゴチズム」を読む評価群がある。*3 そして、これらを発展させた論文として、イソップ寓話の「蟻ときりぎりす」を参照系とする村島雪絵の「夫は、絵の評価とは別に、画家仲間や妻との関係の中では、俗物として捉えられても仕方のないような面を示した。また妻も、夫との関係の中で、反俗の〈きりぎりす〉であることを夫に押しつける、俗物の〈蟻〉と化していた。つまり、誰もが、他者との関係の中で俗物になりうる」という、アイロニーを描いた作品であるとの読みがある。*4 本稿で問いたいのは、まさにこの点である。本当に、「きりぎりす」において「私」と「あなた」とは（たといアイロニーの循環が見られるにせよ）対立項としてしか存在しておらず、永遠に交わることはないのであろうか。

同氏は、「私」に「あなた」との結婚を決意させた、「あなたの畫」を見る場面を引用して、「火の氣の無い、廣い應接室」に「ぷるぷる震へながら立つて」いる「私」と暖かそうな「日當りのいい縁側の畫」との対比が、「冬の寒さに震えているきりぎりすと暖かい蟻の家との対比を連想させる」と指摘している。しかし、その画によって結婚を決意し、そしてその画を眺めた時と変わらず、「あなた」以外と結婚する気もなく、その画を通して感じた「美しい人」を今もなお変わらず信じていると明言する「私」が、そもそもの、結婚を決意させたその画の中に、〈エゴイスティックな正当性の象徴である〉〈蟻〉的な住処を投影するだろうかとの疑問が生じる。*5 今一度、その場面を読んでみよう。

私は父に用事のある振りをして應接室にはひり、ひとりで、つくづくあなたの畫を見ました。あの日は、とても寒かつた。火の氣の無い、廣い應接室の隅に、ぷるぷる震へながら立つて、あなたの畫を見てゐました。あれは、小さい庭と、日當りのいい縁側の畫でした。縁側には、誰も坐つてゐないで、白い座蒲團だけが一つ、置かれてゐました。青と黄色と、白だけの畫でした。見てゐるうちに、私は、もつとひどく、立つて居られないくらゐに震へて來ました。この畫は、私でなければ、わからないのだと思ひました。眞面目に申し上げてゐるのですから、お笑ひになつては、いけません。私は、あの畫を見てから、二、三日、夜も晝も、からだが震へてなりませんでした。どうしても、あなたのとこへ、お嫁に行かなければ、と思ひました。

確かに「とても寒かつた」と書かれてはいるが、しかし、震えが示すのは寒さではない。画を見ているうちに強く震えが来て、その後「二、三日、夜も晝も、」その震えは止まらないのだ。震えの強度は、結婚の決意の強度と比例するかの様だ。この震えは、「私」が「あなたの畫」を作り出している本質に触れている、「あなたの畫」を通じて「美しい人」を感じているという証なのだ。この震えを伝播させる画は、「私でなければ、お嫁に行けないやうな人のところへ行きたいものだ」と「ぼんやり考へて居」た「私」に、決定的なヴィジョンを与えている。「私」にとっては、「あなたの畫」は「あなた」そのものであり、結婚生活の未来図の礎となるものであった。「あなたの畫」を見て結婚を決意し、その後のお見合いの場で実際に初めて「あなた」に会った「私」は、「あなた」が「あなたの畫」から想像した、「思つてゐたとほりの、おかた」と考え、やはり「からだが震へて」しまい、ひどく困っている。

このように考えてみると、本作で問題とすべきは、通俗・反俗の対立ではなく、俗を糾弾するエゴスティックな正当性でもなく、俗な生活を送ってしまうこととなる「あなた」の描いた画の——美しい天使の姿を題材として具象的に描いたというような意味ではない——本質的な〈美〉であり、しかも、それによって「私」が信じた芸術の——聖書的な陰影を与える、月桂樹を冠した天使として捕捉されるという意味で——聖性なのだということが判明する。

もしも、「あなた」の画を通して「私」を震わせた、その本質をなかったものとするなら、俗人が俗世界で俗な絵で名声を得た。ただそれだけのことだ。そんなひととは、さっさと別れればいい。しかし、「私」が「わからない」と言うのは、「どうしてもわからない」と言い募るのは、彼の描く画を通して「私」が「美しい人」を感じてしまったからだ。それをいまもなお信じているからだ。それとも、「あなたの畫」の本質的な〈美〉を、「美しい人」を読み取ったのは、「私」の妄想に過ぎなかったのだろうか。

2 「俗」の枠組みを越えるものとしての〈紀元二六〇〇年〉

井原あやは、これまでの「俗」を越える枠組みの提示として、作品の執筆年の〈紀元二六〇〇年〉という〈祝祭の時〉を指摘する。*6 例えば、「私」が「あなた」に語る現在の一年程前に描いた画題が「菊」であったことは、「〈祝祭装置〉として機能」しており、結末の「ラヂオ」から流れてくる「あなた」の「聲」も、その作品に畳み込まれた〈時〉を考慮すれば、「〈国家〉へと吸収されていく音」と読めるとする。卓見であり、異論はない。[*7] 結末の「あの夜」に響くふたつの音、大きな「ラヂオ」からの声と幽かな「きりぎりす」へと転位する「こほろぎ」の声とは明らかに対置されている。ラジオの場面は以下のように書かれている。

私が茶の間で夕刊を讀んでゐたら、不意にあなたのお名前が放送せられ、つづいてあなたのお聲が。私には、他人の聲のやうな氣が致しました。なんといふ不潔に濁つた聲でせう。いやな、お人だと思ひました。はつきり、あなたといふ男を、遠くから批判出來ました。あなたは、ただのお人です。これからも、ずんずん、うまく、出世をなさるでせう。くだらない。

「私」は、この時すでに「あなた」との別れを決意しており、であればこそ、「不潔」な「他人」「ただのお人」と遠くから批判することが出来たのだ。この批判は、「あなたの畫」を見た後に、はじめて「あなた」に会ったときの「思つてゐたとほりの、おかた」の有り様とは対照的だ。「不潔」な声と「清潔」な袖口と対比的に形容されてもいる。お見合いで「思つてゐたとほりの、おかた」と云うのは、引用部で「私」に言われるような「ただのお人」ではなく、「あなたの畫」を見て「思つたとほり」の「美しい人」であったとの判断だった。

しかし強調しておきたいのは、「私」に「あなた」への別れを決意させたのは、「あなた」の「ラヂオ放送」ではないということだ。「私」に別れをはっきりと決意させる、決定打となった出来事は、「あなたの畫」の支持者である、高名な岡井先生訪問であった。「ラヂオ」からの声は、「私」が「あなた」を理解するのを断念した後に、寧ろ、「別れ」を決意したからこそ、「他人の聲」として遠くからはっきり批判できたのだ。そして、最大音量の「ラヂオからの聲」を耳にしたからこそ、それを切った「私」は、最小音量の「こほろぎ」の声を聞くことができた。「不潔」も「清潔」も共に「あなた」である。「ただのお人」となった「あなた」もかつては「美しい人」であった。同様に、対置されているとは言え、「ラヂオ」から流れる声も「こほろぎ」の声も、共に「あなた」に関わる声である。この「きりぎりす」へと転位する「こほろぎ」の声について論ずることは、後節に譲る。

いずれにせよ、「きりぎりす」は、「私」の「プライド」の支えとなる中核であろうが、「あなた」の「ラヂオ」の声対「私」の「きりぎりす」の声というふうに綺麗に割り切れる訳ではない。そのような対立構造のみを注視するならば、何故にわざわざ縁の下で聞いた「こほろぎ」の声を「きりぎりす」へと転位させる必要があったのかが説明できない。

更に言うならば、語り手の「私」でさえ、すべてを理解し得て語っている訳でもない。「私」は「どうしても、わかりません」という状況で語っているのだ。要するに、物語は「あなた」の俗化を指弾する、「私」の、いわゆるエゴスティックな正論に覆われているわけではない。

3　画家である「あなた」が描く「縁側」と「震へ」

もう一度、「あなたの畫」と「私」との最初の邂逅の場面、先の引用箇所に目を戻してみる。最初に「私」が見た「あなたの畫」は、「小さい庭と、日當りのいい縁側の畫」で、「縁側には、誰も坐つてゐないで、白い座蒲團だけが一つ、置かれて」いる、「青と黄色と、白だけの畫」と書かれていた。まず初めに何が描かれているのかという、その題材（日当りのいい縁側）が説明され、そして、その描かれたものが何で生成されたのかという、その表象を生み出した色彩（青と黄色と白）そのものが示されている事が特異である。それにしても、「庭」や「縁側」が描かれているのに、茶色やこげ茶や黄土色でないとは奇異なことだ。青、黄、白、光の波動、基本色となる青と黄と白の色彩は、いわば周波としてそこに響いている。その響きに共鳴して、「私」は震えているのだ。彼女はその絵画の表象を生み出す波そのものを色彩として感じとっている。であればこそ、描かれたものではなく色そのものとして、その画を表現してみせたのだ。

この縁側の画は、「私」をして結婚へと踏み出させる。また、「私」にとって「美しい人」の存在の根拠でもあり、「私」が「きりぎりす」を語る拠り所でもある。このことは後述する。

まずは「縁側」という表象から考えてみよう。縁側は、この原稿用紙にして三一枚程の決して長くはない文章のなかに三回登場する。ひとつめは、如上の「あなたの畫」。もうひとつは、料理をご馳走してくれるよりも、「あなたが、この家のお庭に、へちまの棚を作つて下さつたはうが、どんなに嬉しいかわかりません」という箇所だ。

八疊間の縁側には、あんなに西日が強く當るのですから、へちまの棚をお作りになると、きつと工合がいいと思ひます。

「私」は、なぜ、植木屋さんではなく、「あなたに、作っていただきたいのに」と強く言うのだろう。もちろん、「お金持の眞似」がいやだとの思いもあろうが、金銭の問題だけではなく、そのへちま棚は、きっとあなたによって作ってもらわなければ意味がないのだ。植木屋さんが作るのでは意味がないのだ。「私」と「あなた」との生活は、「お金持の眞似」をするのではなく、あの画を描いたように、あなたの観点に立ってつくってほしいということなのだ。その象徴として、縁側がある。「あなた」が画家であることを念頭に入れるならば、へちま棚の格子は、カンヴァスに引かれる透視図と、より強く結びつく。

このように、縁側は（あなたが固有の立ち位置で描いた）「あなたの畫」と結びついている。そして、三つ目の縁側は言うまでもないだろう。結末に登場するその下で、姿を隠して「こほろぎ」が鳴いている縁側である。最初に縁側が描かれた「あなたの畫」を見たとき、「私」は「震へ」がとまらなかった。何故なら、その画が「私」に「美しい人」の存在を確信させたからだ。私は「震へ」た。色という光の波となって伝播した画の本質に、「私」は共振したのだ。そして、最後に登場する縁側では、後に「私」の中で「きりぎりす」へと転位する、「こほろぎ」がやはりその翅を震わせ、鳴いている。

4 「孤高の目」と「私」の理解を超えた「本当」

もしも、「あなた」の「俗物根性」への、「私」による苛烈なまでの糾弾が正当で、その語りに一切の綻びがないならば、先行研究が指摘するが如き「私」のエゴイスティックな姿を炙り出すことが可能であったろう。しかし、本文には「私」の理解を超えている点がある。つまりは、「私」のいわゆるエゴイスティックな正論のみが物語を覆っている訳ではない。このことを考える上で、そして、「私」が何故に本作を語り得たのかを考える上で重要となる場面について考えてみよう。

「私」が「あなた」との別れを決意したのはいつだろうか。ラジオ放送を聞く直前に「私」は明確に語っている。

あの時から、私は、あなたと、おわかれしようと思ひました。この上、怺へて居る事が出來ませんでした。

かように「私」を言わしめた「あの時」とは、夫婦ふたりで「あなたの畫の最も熱心な支持者」である岡井先生のところへ年始の挨拶に行った時のことだ。

「私」に「あれで、本當」と思わしめる岡井先生は、「あなたの此の頃のお仕事を、さぞ苦しいだらうと言つて、しきりに勞」る。この態度は「私」の理解を超えている。「先生ほどのおかたでも、あなたの全部のいんちきを見破る事が出來ないとは、不思議であります」と「私」は「不思議」を語る。岡井先生の言動は、物語内で「あなた」の本質が決して一方的に裁断を下せるような類のものはないことを仄めかす。

この慰労は、岡井先生が「あなた」に示した共感に他ならない。この時、「私」にとっても「あなた」を理解できる良い機会であったはずだ。しかし、「私」は「あなた」を理解するには及ばす、「あなた」の大仰な言動に呆れ、理解を放棄する。物語の次元で言うなら、この不理解こそが、「私」が「あなた」に最後まで読んで欲しいと告げる結末の、「きりぎりす」の奇蹟を生む。「ラヂオ」の声を代表する「大きな聲」に時代背景から全体主義の影を見て取ることも可能であろうが、時代状況を考慮せずとも、「大きな聲」に呑み込まれる彼を「私」に理解させず、敢えて「彼」と絶縁させることで、「大きな聲」から逃れることが絶望的であった、彼の本質を「私」に託し得たと、作品内から指摘できる。

「岡井先生」が、「あなたの畫」を支持していることは、「あなたの畫」が高く評価されて然るべきであることを保証する。また、岡井先生が「あなた」に掛ける「さぞ苦しいだらう」という言葉は、「私」が共振した「あなたの畫」の本質が、それを通して感じた「美しい人」が「私」の妄想ではない可能性も作品内で示す。そうして、「私」が理解し得ないものを見通す視線を、「私」の語りを超える視点があることを示唆する。

岡井先生と「私」の対面は、次のように描写されている。

でつぷり太つて居られて、てこでも動かない感じで、あぐらをかいて、さうして眼鏡越しに、じろりと私を見る、あの大きい眼も、本當に孤高なお方の眼でございました。私は、あなたの畫を、はじめて父の會社の寒い應接室で見た時と同じ樣に、こまかく、からだが震へてなりませんでした。

「私」が別れを決意することとなった岡井先生訪問を語るとき、結婚を決意した、その画を見た時と同じように震えたと語られていることは、もっと留意されていい。

その「孤高」の「眼」は、「私」を「あなたの畫」を見た時のように震わせる。わざわざ、「私」がここで「孤高」という形容を用いたのは、「あなたの畫」への「最大の賛辞」の筆頭に「孤高」があったからであり、「私」は「あなた」に対して「孤高だなんて、あなたは、お取巻きのかたのお追従の中でだけ生きてゐるのにお氣が附かれないのですか」と批判していたからだ。

また、「私」はこの場面では、「あなた」は「岡井先生のところへ、御年始に、はじめて私を連れてまゐりました」と「あなた」に尊敬語表現を使用すべき箇所に謙譲語を使用する、同様に「あなた」は岡井先生に「誇らしげに申します」と謙譲語を使用する、岡井先生は「お小さいくらゐのお家に住まはれて居られました」と過剰敬語を用いるなどの、岡井先生を必要以上に敬う言語形式を使用しているのに、[*8]「じろりと私を見る」だけは、敬語を用いていない。この「見る」は、実際に岡井先生が見る行為のみを意味してはいないのだろう。敬語表現が示す日常生活での関係性とは違う行為が含まれているのだ。

ここでは、「あなたの、不思議なほどに哀しい畫」を見ていた「私」が「孤高」の「眼」によって見られている。眼差されている。縁側を描いた「あなたの畫」を見たことによって、その画を通して〈美〉を感じた「私」は震え、ある世界を開くに至った。そして、「私」は「あなた」と結婚するのだが、「あなたの畫」によって思い描いたヴィジョンと夫婦生活とはどんどん乖離してしまった。「私」はそれを糾弾する。しかし、この場面で「私」は「孤高」

の「眼」に眼差され、「あなた」は慰労され、「私」の語りに綻びが生じる。「私」の一方的な糾弾は、正当ではないかも知れない。「あなたの畫」を通して感じた「美しい人」の存在を、岡井先生の「孤高の眼」を通して、「私」は再び感じとる。「あなたの畫」の本質的な〈美〉は、決して「私」の妄想ではなかった。だからこそ、「私は、あなたの畫を、はじめて父の會社の寒い應接室で見た時と同じ様に」「からだが震へ」たのだ。たとい「私」自身はこのことに気づかないとしても。

5　波長である「震へ」――声から色への転位

最後に題名でもある「きりぎりす」について考えてみよう。結末のきりぎりすの場面を以下に引用する。

電氣を消して、ひとりで仰向に寢てゐると、背筋の下で、こほろぎが懸命に鳴いてゐました。緣の下で鳴いてゐるのですけれど、それが、ちやうど私の背筋の眞下あたりで鳴いてゐるので、なんだか私の背骨の中で小さいきりぎりすが鳴いてゐるやうな氣がするのでした。この小さい、幽かな聲を一生忘れずに、背骨にしまつて生きて行かうと思ひました。

この引用箇所においては、「こほろぎ」がその声の登場直後に、わざわざ「きりぎりす」に言い換えられていることが注意を惹く。それは、もちろん、こおろぎの古名がきりぎりすであるという、その古典の力を借りた修辞であろう。そして、遠藤論が指摘するように[*9]「醜悪」であるが「美しい声」（「こほろぎ」）から、「やさしく美しい」姿（「きりぎりす」）への、いわば「声」から「姿」への転位でもあろう。

そして、「こほろぎ」について言えば、この「こほろぎ」の翅の震えは、「あなたの畫」を見た時に私を震わせたものと同質のものだ。縁側は「あなた」のパースペクティヴと深く関わり、そのような縁側の下で、「あなたの畫」が「誰も坐つてゐない」不在の画でありながら「私」を震わせる本質を備えていたように、ここでもやはり姿を見せずに鳴いているものがある。その振動を「私」は感じているのだ。瑣末な点ではあるが、「ひとりで、つくづくあなたの畫を見ました」と「ひとりで仰向に寝てゐる」との、表現の重なりも見られる。

遠藤祐は前掲論文で、この「こほろぎ」から転位する「きりぎりす」について、外界で鳴く「こほろぎ」は「もともと〈私〉の裡にあったイメジではない」から、それが「私」の背骨に転位した「きりぎりす」にもまた、「〈私〉の影を求めることは、できない」と指摘する。そして、こおろぎもきりぎりすも鳴くのは雄であることを確認し、「自然が定めたこの事実は『小さい、幽かな声』でうたう『きりぎりす』が〈私〉自身ではないことを示す、決定的な条件といっていい」と述べる。そうであるならば、「〈私〉がみずからの『背骨の中』に想いみるイメジには、どうしても夫であったものの影を求めるほかはない」のだ（傍点原文のまま）。「美しく澄んだ声音からはおよそ想像のつかぬ、醜怪な体躯の持ち主、その意味で〈不思議〉な生き物である『こほろぎ』は、大小を別にすれば、なんとよく〈あなた〉に似ていることか」と。醜い姿ではあるが、美しい声を発する「こほろぎ」は確かに芸術家の「あなた」の姿である。[*10]

「私」が結婚を決意したのは、「あなたの畫」を見たからであった。その「誰も坐つてゐない」不在の縁側が描かれた画の本質に、「美しい人」を感じたのだ。それは「震へ」となって「私」を襲った。何故に、それが「私」を震わせたのか、そして、何故に、わざわざ「青と黄色と、白だけ」という色彩そのものに還元されて捉えられたのか。

今一度確認しておきたいのは、「私」は、「あなた」を知っていて結婚を決めた訳ではないということだ。「私」は「私でなければ、お嫁にいけないやうな人のところへ行きたいものだ」と「ぼんやり考へて」いた折に、「あなた」

との結婚の話が持ち込まれ、「ふつと、あなたにお逢ひしてみたくなり」、「あなたの畫」を見に行くのだ。そこで、結婚を決意する。「私」にとっては、まず「あなたの畫」ありき、であり、それを通して感じた「美しい人」に「あなた」を重ねている。「私」にとって、「あなた」とは「青と黄色と、白だけの畫」に他ならない。

その時に「私」が開いた世界観とは違う結婚生活になってしまったが、しかし、その時に感じた〈美〉が、決して「私」の妄想ではなかったことを、岡井先生の存在を介して「私」は感じとれた。だからこそ、大音量の「ラヂオ」の、「噓」ばかりの、持論ではない、無内容な「あなた」の声から身を引き剥がし、「大きな聲」が切られた後にこそ得られた静寂の中、それとは対置的な、最小量の、美しい幽かな「こほろぎ」の声を聞き得る。それは、かつて、「あなたの畫」を見たときに「私」を震わせた〈美〉と同質のものである。

「あなたの畫」を見たときに、その本質に触れ、「私」が震えたことは、「私」がわざわざ表象を支える色彩そのものにまで還元して、「あなたの畫」を捉えていたことと無関係ではない。色とは、光波のスペクトル組成の差異によって区別される感覚だ。それは、光の波長によって規定される。この色彩という波に共振し、「私」は震えたのだ。そして、また「こほろぎ」の声もまた、物の振動から発する音である。結末において、美しい「こほろぎ」の声が、美しい「きりぎりす」の色へと転位する。声という波から色という波への転位が起こる。「私」を震わせた「青と黄色と、白だけの畫」。青と黄色と白を足すと「きりぎりす」色が生み出される。美しい声が美しい色へと転位する。声という波長から、青と黄色と白を足した色の波長、「きりぎりす」の震えへ。

こうして、結末において「私」は「あなたの畫」を生成する本質に再会し得た。だからこそ、縁の下で姿を隠し懸命に鳴く「こほろぎ」を「きりぎりす」として、「私」の中に転位し得たのではないか。「私」は、「あなたの畫」を見て結婚を決意したあのときも、そして、別れを決意し、「きりぎりす」と題される本作を語る今もなお、変わらずに「美しい人」があると確信している。

「私」は「あなた」とお別れしたが故に、「あなた」そのものである「あなたの畫」との邂逅を果たす。「あなた」は俗化してしまうかも知れないが、しかし、その芸術の本質だけはしっかりと、「私」へと受け渡され、その背骨に仕舞われた。そして、この「きりぎりす」を背骨に仕舞い、自分のものとし得たからこそ、「私」はこの「きりぎりす」と題される言葉を紡ぎだすことが出来たのだろう。そこは、この世ならざる場、à-Dieu なのかも知れない。

注

＊1　ジャン＝リュック・ナンシー『神々の様々な場』（大西雅一郎訳、筑摩書房、二〇〇八・六）。大西雅一郎に拠れば、à-Dieu（神の前で）とは、①永遠の別れ、訣別、地域によっては②挨拶、③他者とのあらゆる関係のうちにありつつ、そうした関係に先立つ神――へと／へ向けて、神――の前でということ、他者とのあらゆる関係は、訣別／挨拶であり、無限の分離における出会いであるということ、という意味がある。また「鷗」には、「神を眼のまへに見るほどの永遠の戦慄と感動」という表現が見られる。

＊2　平野謙「混濁と稀薄　作家精神の在りやう　文芸時評④」（「都新聞」朝刊、一九四〇・一〇・三一）。のちに、太宰治が「私の心の中の俗物根性をいましめた」と述べた（「あとがき」『玩具』あづみ文庫、実業之日本社、一九四六・八）ことによって、積極的に承認される評価となった。このことについては、井原あや「『あなた』と別れるということ――太宰治『きりぎりす』をめぐって」（「言語と文芸」一二四号、二〇〇八・三）に指摘がある。

＊3　高見順「反俗と通俗――文芸時評」（「文藝春秋」一九四〇・一二）。その他、「語り手は『あなた』に対しては〈かわいらしい妻〉の顔を向けながら、心の中では『あなた』や〈俗世間〉を嫌悪する。その嫌悪によって、〈俗世間〉とは対極の位置に自らを位置付けることで、〈反俗の人〉として自らを美化し、自己陶酔していた」とする福田悦子「太宰治『きりぎりす』試論――語り手の新たな人物像――」（「国文」九八号、お茶の水女子大学国語国文学会、二

〇〇二・一二）などがある。

＊4　「太宰治『きりぎりす』論――〈反俗精神〉の内実をめぐって――」（「光華日本文学」五号、一九九七・八）。「私」に結婚を決意させた画についての解釈については立場が異なるものの、基本的に〈反俗精神〉の内実を詳細に論じた秀逸な論考であるとの評価に揺らぎはない。但し、筆者は村島論とは異なり、本稿で検討しているように、この作品にアイロニーを読むのではなく、「私」は、「あなた」そのものである「あなたの畫」を生成した本質に再会し得たとする立場に依る。

＊5　一九四〇年発行の山本光雄訳、岩波書店『イソップ寓話集』所収の「蟻ときりぎりす」にあたる短篇の題名は、「蟻と甲虫」であり、きりぎりすではなく、スカラべもしくは蟬などを想起させる。

＊6　＊2に同じ。

＊7　「菊」について、「清貧譚」（「新潮」一九四一・一）を念頭におき、「天皇家を象徴する要素との絶妙な符号」を指摘する井原あやや同氏が引用した吉岡真緒の卓見（「太宰治「清貧譚」論――物語の胎動」「曙光」二〇〇四・一）に基本的には同意するが、しかし、太宰の他作品との比較という観点で言えば、「ふつと会いたくなった」として、作家に会いにいき、その作家を「インチキ」と呼ぶ、女性独白体の作品「恥」（「婦人画報」一九四二・一）のほうが、筆者としては気にかかる。この語り手（和子）が、事の次第を話している相手は「菊子」と呼ばれる。また「恥」と裏表をなす作品とも指摘される「誰」（「知性」一九四一・一二）において、「サタン」と称されることとなる作家が女性の読者に会いに行ったとき、その病室にもやはり「菊」が活けてある。別に、太宰の他作品でも「ダス・ゲマイネ」など菊の名を冠された女性は登場する。そこには「天皇家」との符号を読む以外の太宰文学における「菊」の機能を考える道が開いている。

＊8　遠藤祐は「〈背骨〉のなかでうたうもの――『きりぎりす』（太宰治）を読む――」（「宗教と文化」一八号、一九

九七・三）の中で既に本作に見られる敬語表現の不正確な箇所を指摘している。

＊9　＊8に同じ。

＊10　太宰治「十五年間」（「文化展望」一九四六・四）には「ベツクリンといふ海の妖怪などを好んでかく畫家の事は、どなたもご存じの事と思ふ。（中略）たしか「藝術家」と題する一枚の畫があつた。それは大海の孤島に綠の葉の繁つたふとい樹木が一本生えてゐて、その樹の陰にからだをかくして小さい笛を吹いてゐるまことにどうも汚ならしいへんな生き物がゐる。かれは自分の汚いからだをかくして笛を吹いてゐる。孤島の波打際に、美しい人魚があつまり、うつとりとその笛の音に耳を傾けてゐる。もし彼女らが、ひとめその笛の音の主の姿を見たならば、きやつと叫んで悶絶するに違ひない。藝術家はそれゆゑ、自分のからだをひた隱しに隱して、ただその笛の音だけを吹き送る。／ここに藝術家の悲慘な孤獨の宿命もあるのだし、藝術の身を切られるやうな眞の美しさ、氣高さ、えい何と言つたらいいのか、つまり藝術さ、そいつが在るのだ」という一節がある。

本稿とは直接は関わらないが、高階秀爾は『20世紀美術』（筑摩書房、一九九三・四）のなかで、一九世紀後半から芸術において主題（subject matter）が次第に重要性を失い、それに代わりにモティーフ（motif）が台頭してくると指摘している。「二十世紀旗手」と冠する作品が存在する太宰の作品群においても、モティーフの問題は軽視できないのではないか。

水中のミュートとブレス——「秋風記」

「秋風記」は、第四創作集『愛と美について』（竹林書房、一九三九・五）に書き下ろしの小説として収められた短編小説だ。昭和一四年の前年、前々年は〈沈黙の時期〉と呼ばれるほど、発表された作品は少ない。闇の黙《しじま》となった、この二年間をピリオドとしてはさみ、迎えた昭和一四年には、次々と作品が発表されていく。そして、質・量ともに充実した作品群へと接続する。そこでは、それ以前の太宰文学に見られた、自己言及の苦しみを表現したかのような、バラバラにされては再構成され、〝ヒステリック〟な音色を響かせるコードは鳴りを潜める。

それにしても、黒く塗りこまれた自己言及の果てに開いた闇から、テクストにおいて、その先を照らす光は、声は、いかにして取り戻し得るのだろう。

そのことを考える足掛かりとして、昭和一二年に執筆された「サタンの愛」を改作し、昭和一四年に発表されたと推定される[*1]「秋風記」を考えてみたい。

加瀬健治の言葉によって内容を確認しておくと、「主人公「私」はある秋、死への誘惑に取り憑かれ、年上の女性・Kと谷川の温泉へと向う。二人の対話を中心に、奇妙な情死行（?・）を綴っ」ている。[*2]「死への誘惑」「情死行」という語が示すように、作品には死の想念が強く付き纏う。但し、「奇妙な」「?・」が示唆するように、「私」とKが直接的に投身したり、縊ったりする場面は見られない。安藤宏が「〝事件〟は何も起こらず、二人は日常へと回帰する」と書く[*3]ように、自殺を遂行する行為をなさないという意味では、〝事件〟らしい事件は何も起こらない。旅の結末で起こる、「私」を庇ったKがバスに轢かれる事故を除いては。

また、「二人の対話を中心に」とも概括されていたように、本作は会話によって多く構成されている。しかも、その会話は言葉遊びであったり、あるいは、核心を述べなかったり、決定的な事柄が示されない。そのような構成も、「奇妙な」印象を与えるかも知れない。

では、そのような核心が述べられない会話は何を表象／提示するのか。心中を図らない、その意味で何も起こらない「私」たちの旅に、死の想念が強く付き纏うのは何故か。それは何を表現するのだろうか。

1 ナルキッソス神話的な〈リフレクション〉

作品の最後には、旅から帰った「私」がKに「黄色い石で水仙の花がひとつ飾りつけられてゐ」る「青銅の指輪」を送ったと書かれる。この「水仙の花」から、先行研究では本作の背後にあるナルキッソス神話が指摘されている。[*4] 佐々木啓一は、「主人公とKとは、擬似的な息子と母親との関係になりきって芝居を演じている」と指摘し、Kは「主人公の演じる自己劇化のための媒体の役割を果している」「自己を限りなく認めて、自己愛を許容してくれる」存在であり、そのような「演戯」の「極め付き」として「水面に写る自己の姿に恍惚となって、水に落ちて溺死し、転生した」「水仙の花」があるとする。それは、「主人公のKに対する心性を見事に暗示している」と読む。一方で、藤原耕作は、「水仙」に「〈自己愛〉を含意させることは可能」として、「この作品において、「十字架」は〈自己犠牲〉を、「水仙」は〈自己愛〉を、それぞれ意味している」と指摘し、「つまり「私」は「K」に、〈誰かのため〉に生きる（＝自己犠牲）ではなく、〈自分のため〉に生きる（＝自己愛）ようにというメッセージを伝えていたのだ。それに対して「K」は、「ことし三歳になる」「長女の写真」を送ってきている。これは冒頭の「Kは」「子供のために生きてゐる」という記述と呼応し、「子供のため」に生きる（＝自己犠牲）という「K」の決意をあらわしていると解釈すべきだろう」と結論づけている。

確かに、藤原論の指摘するように、「水仙」はナルキッソス神話が示す〈自己愛〉を含意しているのだろう。そして、佐々木論が指摘するとおり、Kと旅する「私」の言動は、演戯をしているかのように大仰であり、本文で「Kは、母のやうに」と形容される（その意味でも、Kと「私」の恋愛関係を仄めかしながら二人の旅を描く本作からは近親相姦の色彩を読みとれよう）。同論はかような関係は「私」のナルシシズムが増長すると説く。共に傾聴に値する卓見であり、その考察の一貫性に疑義はない。またナルキッソス神話において、自分を写した水面に落ちて溺死し、転生する結末も、本作を読むとき、頭の片隅に置いておいても無駄ではない。ただ、本稿は「水仙の花」の象徴性（〈自己愛〉）から統括して、その内容を解釈する立場にない。手続きは逆である。積分ではなく微分だ。ナルキッソス神話を参照系に、本作を構成する会話の特徴や、充満する死の想念、本作の言葉が示す写像を丹念に読み取り、そこから導き出せることを考えてみたい。[*5]

本作の背後にあるナルキッソス神話を強く想起させるのは「水仙の花」ではなく、寧ろ、冒頭の一節だ。結末に登場する「水仙の花」は画竜点睛の睛であり、水仙の花が登場しただけでナルキッソス神話を導きだすことは牽強付会の誹りを免れない。[*6]以下に、その冒頭の一節を引く。

私は、私の寝顔さへスケッチできる。

本来、「私」は「私」の顔をスケッチできない。それは鏡を介在して初めて行なえる行為だ。ナルキッソス神話では、水面に写る自分の姿に恋する。ここに自分と鏡像の関係、リフレクションが生まれる。リフレクションは反射のほかに、反響、反映、自己反省を意味する。自分で自分を想うことは、リフレクションが自己反省に繋がることで、自己言及へとスライドする。ナルキッソス神話は、このような〈リフレクション〉を有する物語として、ドイツロマン派にも注目された。*7

「スケッチできる」という語が示すとおり、「秋風記」でも、〈リフレクション〉は自分で自分のことを描く、つまりは自己言及へとスライドしていく。しかし、「私」も、そしてKも（つまりKの台詞を介しても）、自分がどのような存在であるかを直示する言葉はない。必然的に、その語られない自分たちがどのような関係にあるかも、核心的なことは何も語られない。

「僕、いちばん単純なことを言はうか。K、まじめな話だよ。いいかい？　僕を、――」
「よして！　わかつてゐるわよ。」
「ほんたう？」
「私は、なんでも知つてゐる。私は、自分がおめかけの子だつてことも知つてゐます。」
「K。僕たち、――」

この場面は、「K」が「私」を愛していた（「僕を、――」）、「私」との関係が異母兄弟である（「私は、自分がおめかけの子だつてことも知つてゐます」）、そして、二人が近親相姦であった（「僕たち、――」）ことが明らかにされたかも知れない、かも知れない瞬間だ。しかし、結局それは話されない。私たちのことを私たちが語るという意味での自己言及は、本作ではなされないのだ。ここにも、自己言及の不可能性を見てとれよう。

「私たち（「私」と「K」）」が主語となっていることからも明らかであるが、本作では、ナルキッソス神話に見られる到達し得ない〈叶わぬ恋〉は、一番分り易い形としては、「私」とKとの近親相姦を漂わせる不倫あるいは不倫の道行きとして表象している。

　今触れてきた、〈鏡〉、〈リフレクション〉、〈叶わぬ恋〉、〈不可能性〉、〈溺死〉の他に、もうひとつ、ナルキッソスの要素として挙げなくてはならないものがある。

> 　ナルキッソスの物語にはもうひとつ見逃せない要素がある。こだまになってしまったニンフのエーコーがそれだ。美少年に恋しながら情なくあしらわれ、悲しみのあまり肉体を失って声だけになってしまったニンフは、自閉児のように相手のことばを鸚鵡返しにくりかえすことしかできない。このあわれなエーコーが終始副旋律のようにナルキッソスの物語にからんでいて、そのことがこの話の奥行きをぐっと深めているのである。
> 　こだまが声の反響であるように、鏡像は実物の反映なのであって、美少年は自分自身の外見を反射する水面の視像に魅せられながら、自分の歎き声のこだまに最後までつきまとわれている。つまり、視覚的にばかりでなく聴覚的にも、二重に彼はおのれ自身の囚なのである。*8

　ナルキッソスの神話にはニンフのエーコーが登場し、視覚・聴覚の両方において反射・反響する。〈リフレクション〉は、視覚だけではなく、聴覚においても重要なのだ。「こだまが声の反響であるように、鏡像は実物の反映であって」とあったように、エーコーの名前はこだま、残響を示す。それは、〈声〉のようであって〈声〉ではない。鏡像同様、実体がないのだ。

　さて、〈リフレクション〉を以て本文を眺め直してみると、「私」とKとの〈鏡像〉関係が浮かびあがってくる。「湖水のやうに澄んだ」眼をもつ「無心」のKは、「私」にとって「鏡」であると言えるだろう。私が溜息をつくとKも溜息とつき、私が笑うとKも笑う。「私」がヴエロナアルを一服のむとKも一服のむなど、「私」の所作をKが繰り返す動作が何度か見られ、鏡像のイメージを誘発する。そう考えていけば、「私は笑ふ。「なあんだ、それがKの、よい悪事か。なあんだ。僕はまた、――」」とある「よい悪事」「わるい善行」の「言葉遊び」は、鏡像で左右が反転する感覚に通じる。「わるい善行つて言葉も、あるわよ。」」(中略)「「ああ、」こんどは、Kが笑つた。

会話の中で、Kは基本的に「わよ」「のね」などの、ある種の「おんな言葉」を使用している。[*9] それにも拘わらず、二人の会話は、どちらが発言しているか特定しにくい印象を与える。以下に、地の文を省略して、会話のみを羅列してみよう。


「僕たち、」

「どうして獨力で生活できないのだらうね。さかなやをやつたつて、いいんだ。」

「誰も、やらせてくれないよ。みんな意地わるいほど、私たちを大切にしてくれるからね。」

「さうなんだよ、K。僕だつて、ずゐぶん下品なことをしたいのだけれど、みんな笑つて、――」

「いつそ、一生、釣りでもして、阿呆みたいに暮さうかな。」

「だめさ。魚の心が、わかりすぎて。」


最後の「いつそ、一生、釣りでもして、阿呆みたいに暮さうかな」は「私」とKのどちらの発話だろうか。最後の「だめさ。魚の心が、わかりすぎて」は?「僕」「K」「私たち」という言葉によって、辛うじて発話者を予想・特定できる。正解は、「いつそ、一生、釣りでもして、阿呆みたいに暮さうかな」は、会話で「僕」という人称を使っている「私」、「だめさ。魚の心が、わかりすぎて」はKとなるが、どちらがどちらの発言をしていても違和は感じられないのではないか。

「私」は地の文では「私」の人称を用い、会話では「僕」を用いるのに対して、Kが会話文で「私」の人称を用いていることも、そのような印象を与える一因となっている。あるいは、「わかつてゐるのだ。みんな、みんな、わかつてゐるのだ。Kは、私を連れて旅に出る。この子を死なせてはならない」とあるような、Kと「私」のどちらが行為主体、いわゆる主語なのか不明な表現[*10]もあり、ふたりの境界は曖昧であるような心地にさせられる。

留意しておきたいのは、この〈リフレクション〉を彷彿とさせるような関係は、ふたりの境界がいかに曖昧に見えようとも、到達不可能な〈叶わぬ恋〉だということだ。相手が鏡像であれば、当然であろう。[*11]「私」も自身の愛について、Kに以下のように語っている。

「らつきようの皮を、むいてむいて、しんまでむいて、何もない。きつとある、何かある、それを信じて、また、べつの、らきようの皮を、むいて、むいて、何もない、この猿のかなしみ、わかる?」

このような、繰り返されるだけで何も生み出されない虚無感は、ナルキッソスが水面に姿を写し、恋に落ちながらも到達できない事態とも響いている。[*12]

2　水中・死の漂う空間

ナルキッソスの鏡像への恋は到達不可能であり、彼は溺死してしまう。「秋風記」の「私」もまた死に覆われている。

例えば、山口浩行は本作を「死と心中を色濃く描いた異色作」と解説している。[*13] 事典の項目という性格上、紙面の制約があったのだろう、どのように「死と心中が色濃」いのかについての説明はない。そもそも、本作では冒頭から「ずゐぶん、たくさんの身内が死んだ」として、鬼籍に入った「身内」が羅列される。そのため、鶴谷憲三は「確かに「秋風記」は通常の意味で用いる〈愛と美〉とはおよそ異質な作品である。語られているのは、いちばん上の姉の死にはじまり、父、末の弟、三番目の兄、次の姉、甥の死であり、私もKも〈生れてこなければよかった〉という想いを共有している。この意味では、「秋風記」は累々たる〈死〉が基軸となっていると言ってよく、基調となっているのは《死への傾斜》に他ならない」と指摘する。[*14] そして、本文の「私たち、ふたりで居ると、心中しさうで危いから」や「僕と、一緒に死ぬのかと思つた」から、矢島道弘も、「この作品は死への志向であり、自殺（心中）への誘いを随所に表出させている」と述べている。[*15]

このような〈死〉や〈心中〉という語による示唆だけでなく、「私」とKが旅する空間には死が色濃く立ち込めている。寧ろ、死者の国そのもの中にいると言ってもいい。サロンにいる「私」とKが描かれる箇所を読んでみよう。

「K、うしろに五、六人、男がゐるね。どれがいい？」

つとめ人らしい若いのが四人、麻雀をしてゐる。ウヰスキーソーダを飲みながら新聞を讀んでゐる中年の男が、一人。

「まんなかのが。」Kは、山々の面を拭いてあるいてゐる霧の流れを眺めながら、ゆつくり呟く。

ふりむいて、みると、いつのまにか、いまひとりの青年が、サロンのまんなかに立つてゐて、ふところ手のまま、入口の右隅にある菊の生花を見つめてゐる。

「菊は、むづかしいからねえ。」Kは、生花の、なんとか流の、いい地位にゐた。

「ああ、古い、古い。あいつの横顔、晶助兄さんにそつくりぢやないか。ハムレット。」その兄は、二十七で死んだ。彫刻をよくしてゐた。

「だつて、私は男のひと、他にそんなに知らないのだもの。」Kは、恥づかしさうにしてゐた。號外。

女中は、みなに一枚一枚くばつて歩いた。――事變以來八十九日目。上海包圍全く成る。敵軍潰亂全線に總退却。

Kは號外をちらと見て、

「あなたは?」

「丙種。」

「私は甲種なのね。」Kは、びつくりする程、大きい聲で、笑ひ出した。「私は、山を見てゐたのぢやなくつてよ。ほら、この、眼のまへの雨だれの形を見てゐたの。みんな、それぞれ個性があるのよ。もつたいぶつて、ぽたんと落ちるのもあるし、せつかちに、痩せたまま落ちるのもあるし、氣取つて、ぴちやんと高い音たてて落ちるのもあるし、つまらなさうに、ふはつと風まかせに落ちるのもあるし、――」


Kと「私」がいるサロンには、先に羅列された死者のひとりである兄に「そつくり」の人物が登場する。しかも、彼は菊という仏花を眺めている(生け花の歴史が供花に始まることを想起してもいい)。更に、そこでは日中戦争の号外が舞い、兵役における種別が言及され、その種別に重ねられる様々な「雨だれの形」、その落ちざまとでもいうべき様相がKによって語られる。屡述すると、雨粒ひとつひとつが死者そのものに譬えられるような雨、そのような雨が包む旅館のサロンで、死者を彷彿とさせる男が菊を眺めているのだ。そこに立ち込める死の臭い。空間を包み込む死の想念。

蛇足として付言するなら、その兄はハムレットに譬えられている。Kの「だつて、私は男のひと、他にそんなに知らないのだもの」との台詞から、ふたりはかつて交際していたのではないかとも推測される。ハムレットの相手のオフィーリアは溺死する。川に流れるオフィーリアの亡骸。ここでも溺死のイメージが付与されている。

3　五感の認識にかかるミュート

本文に「雨である」「雨のせゐか」とあるように、「私」とKは雨のなかを旅している。その空間は水中にいるかのようで、その景色は「みんなぼつとかすんで」と「私」によって認識されている。

ここで少し冒頭文に戻って、どのように本作が語り始められていたか、確認しておこう。

あの、私は、どんな小説を書いたらいいのだらう。私は、物語の洪水の中に住んでゐる。役者になれば、よかつた。

冒頭において、「小説」「物語」「役者」と言葉が重ねられていた。その全ての語は、現実ではないこと、虚構性が共通している。先の佐々木論で「『秋風記』は、太宰小説のなかでも、パフォーマンスの宝庫のひとつに数えることができる。この小説は終始一貫して、主人公が言うように、「何か、かう、きざに氣取つて」いるという印象が強い」と指摘されていたように、「私」の行為は「わざと」であると繰り返される。これはこの冒頭にある「役者」という語と繫がっていると考えられ、「私」が現実空間を虚構性でもって捉えていることと関わる。「私」には現実感覚が希薄なのだ。

「僕には、花一輪をさへ、ほどよく愛することができません。ほのかな匂ひを愛づるだけでは、とても、がまんできません。突風の如く手折つて、掌にのせて、花びらむしつて、それから、もみくちやにして、たまらなくなつて泣いて、唇のあひだに押し込んで、ぐしやぐしやに嚙んで、吐き出して、下駄でもつて踏みにじつて、それから、自分で自分をもて餘します」と彼は言う。「ほのかな匂ひを愛づるだけでは、とても、がまんができ」ないと。嗅覚が不感症を患い、そのためにより強い刺戟を求めているかのように。「ほのかな匂ひ」では実感を得ることができない。このような現実感覚の希薄さ、実感ができない感じは、彼が〈水中〉にいることとも関わっている。

冒頭文を今一度思い出そう。「私は物語の洪水の中に住んでゐる」とあったことを。字義を確認するまでもなく、やはり「私」は〈水中〉にいると書かれていたのだ。

このことを踏まえつつ、次に「私」とKが旅行に出発する汽車の場面を読んでみよう。

その日の眞夜中、ふたり、汽車に乗つた。（中略）

まつくら闇の汽車の音は、トラタタ、トラタタ、トラタタタ。

「たばこ、のむ？」

Kは、三種類の外國煙草を、ハンドバッグから、つぎつぎ取り出す。

いつか、私は、こんな小説を書いたことがある。死なうと思つた主人公が、いまはの際に、一本の、かをりの高い外國煙草を吸つてみた、そのほのかなよろこびのために、死ぬること、思ひとどまつた、そんな小説を書いたことがある。Kは、それを知つてゐる。

私は、顔をあからめた。それでも、きざに、とりすまして、その三種類の外國煙草を、依怙贔屓なく、一本づつ、順々に吸つてみる。

横濱で、Kは、サンドヰツチを買ひ求める。
「たべない?」
Kは、わざと下品に、自分でももりもり食べて見せる。
私も、落ちついて一きれ頬ばる。鹽からかつた。

ここではまず汽車の音として聴覚の刺戟が与えられている。それから煙草の「かをり」としての嗅覚の刺戟。そして、「サンドヰツチ」を頬張る味覚。

聴覚刺激としてのトラタタ、トラタタ、トラタタタとある「汽車の音」は芥川龍之介の保吉ものの「お時儀」(一九二三・一〇)の一節に登場する、「横文字の小説」の音の引用だ。

いつか讀んだ横文字の小説に平地を走る汽車の音を「トラタタ、トラタタ、トラタタ」と寫し、鐵橋を渡る汽車の音を「トララララッハ、トララッハ」と寫したのがある。*16

それは現実の音ではない。同様に「煙草のかをり」もまた、「私」の書いた小説の主人公の話が引き合いに出されている。ここからも「私」の現実感覚の希薄さ、実感のなさを指摘できるだろう。「サンドヰツチ」は「わざと」演戯をしているかのように食べられる。その動作は大仰で、味も過剰だ。サンドイッチの味ではなく、塩の味がする。物を感じる感覚の認識にミュートがかかっているかのように、それそのもの、現実を感じることができないのだ。その後に、「私」は、先に引用した花をぐちゃぐちゃに踏みにじっても実感できない話をする。

雨の中を旅行している間、この現実から隔たった感覚がずっと続く。水中にいて、水に隔てられてしまっている時と同じように。

例えば、「Kは、びつくりする程、大きい聲で、笑ひ出した」とある。大きいと言っても、胸に突き刺さる声であるために、大きいと感じられるのではない。寧ろ、実感がないからこそ、Kの声はびっくりする位大きいとされるのだ。虚ろな哄笑。同様に「私」の声も異常に大きく高く響く。その声は大きいのに、届かない。

ここで、今一度、ナルキッソス神話を想起すれば、その事態をより深く理解できる。ナルキッソスは視覚だけではなく、聴覚においても囚われの身だった。その声は反響であり、実体がない。「反響」という語が示すように、エコーの如く「響く」かも知れないが、しかし、実体はなく、その意味で虚ろなのだ。

「何もない、といふこと、嘘だわ。」Kは宿のどてらに着換へながら、さう言つた。「この、どてらの柄は、この青い縞は、こんなに美しいぢやないの？」

このようにKは「私」に縞の美しさを問うが、「私」の眼にはその美しさは届かない。

「飲まう。けふはまた、ばかに綺麗な縞を、……」[*17]

太宰の晩年作品「櫻桃」の「私」の眼に届く、ハレーションでも起こしかねない程「ばかに綺麗な縞」と比しても、「秋風記」ではその美しさが「私」に響いていないことを理解できるだろう。「私」は手ごたえの感じられない、五感の認識にミュートをかけられた、現実と隔てられた空間にいる。この現実と隔てている感覚が、本作では雨や洪水という語によって、〈水中〉として描きこまれているのだ。

そのように考えると、旅に出発する直前に「私」とKがふたりして溜息をつく場面は面白い。何故なら、ふたりが溜めた息を吐き、そして大きく息を吸い込んで、〈水中〉へと潜っていったと読めるからだ。

4 「窓」と「谷川」と視覚化

Kはよく窓を眺めている。先に引用したサロンでも窓を眺めていた。そして、やはり以下の引用場面でも、「暗闇の窓」を眺めている。「窓の暗闇」ではなく、「暗闇の窓」を。


Kは、暗闇の窓を見つめる。

「ねえ、よい悪事つて言葉、ないかしら」

「よい悪事。」私も、うつとり呟いてみる。

「雨?」Kはふと、きき耳を立てる。

「谷川だ。すぐ、この下を流れてゐる。朝になつてみると、この浴場の窓いつぱい紅葉だ。すぐ鼻のさきに、おや、と思ふほど高い山が立つてゐる。」


「暗闇」を見るというのは、ある種のパラドックスだ。暗闇とは、真っ暗で何も見ることができないがゆえに暗闇なのだから。そして、その不可能な視覚は、雨音という聴覚へと結びつき、展開していく。

「私」のほうはどうだろうか。汽車の場面を思いだそう。聴覚（「汽車の音」）、嗅覚（「煙草のかをり」）、味覚（「サンドヰッチ」）、触覚（花をぐちゃぐちゃに触みにじる）はあったが、視覚はいまだ描かれていない。

旅先で「私」が初めて何かを見た（見つめた）と描かれるのは「谷川」だ。該当箇所を以下に引用する。

> 橋のうへで立ちどまつて、下の白い谷川の流れを見つめた。自分を、ばかだと思つた。ばかだ、ばかだ、と思つた。
> 「ごめんなさい。」ひつそりKは、うしろに立つてゐる。

ここで、初めて「私」は見つめる。彼が見つめるのは「谷川」だ。Kは彼のうしろに立っている。[*18]
そして、「K」が「暗闇の窓」を見つめ、「私」が「谷川」を見つめた翌日、Kが見つめる「暗闇の窓」が開かれ、「私」が見つめる「谷川」と交わり、映像として結実する。

> 湯槽から這ひ出て、窓をひらき、うねうね曲つて流れてゐる白い谷川を見おろした。私の脊中に、ひやと手を置く。裸身のKが立つてゐる。
> 「鶺鴒。」Kは、谷川の岸の岩に立つてうごいてゐる小鳥を指さす。

ここで映像として結ばれる鶺鴒は、Kの見た「暗闇」が、そして、それを音として聞いた「雨の音」が視覚化したものだ。「私」が最初に「谷川」をみつめた時と同じ様に、ここでもKは私の後ろに立っている。

鶺鴒は、主に水辺に住み、長い尾を上下に振る習性がある。この習性から、「日本書紀」においては、イザナギとイザナミに性交を教えた鳥として登場する。

一書に曰く、陰神先づ唱へて曰はく、「美哉、善少男を」とのたまふ。時に陰神の言先つるを以ちての故に、不祥として、更に復改め巡りたまふ。則ち陽神先づ唱へて曰はく、「美哉、善少女を」とのたまふ。遂に合交せむとして、其の術を知りたまはず。時に鶺鴒有り、飛び来たり其の首尾を揺す。二神見して学び、即ち交道を得たまふ。*19

この場面は、「何も起こらない」この小説の中で最も性的な場面であり、ふたりに肉体関係があることを、あったことを、暗示するかも知れない。また、西郷信綱が「「妹」は決して妻の意ではありえず、イザナキとイザナミは、兄と妹との間柄と見なさねばならぬ」と注釈しているように*20、一説によれば、イザナミとイザナギは近親関係であったとも考えられ、「私」とKとの近親相姦を示唆すると考えられるかも知れない。但し、留意したいのは、この二柱の性交は性交であっても国造りだということだ。本文にも、「あの鶺鴒は」「どだい、人間なんてものを問題にしてゐない」と「私」とKの双方によって思われたことが書き込まれており、単純に肉体関係のみを示唆しているのではないと考えさせる。屡述となるが、「私」の五感の認識にミュートがかかっている本作の旅の空間において、この〈鶺鴒〉は初めて「私たち」の視覚の焦点が結ばれ、はっきりと捉えられた映像なのだ。そして、雨音の形象化だ。雨がこの旅する空間を包みこむものであったことを想起すれば、それの視覚化としての〈鶺鴒〉の出現は、物語空間そのものを見ることに値する。

付言するならば、鶺鴒は性交を想起させる鳥であり、近親相姦とも結びつく。そして、「人間なんてものを問題にしてゐない」超然とした、超越的な存在だ。このような点を鑑みても、旧稿とされる「サタンの愛」では、この〈鶺鴒〉こそ、物語世界を指し示す、超越的な地点を表しているのではないかと想定できる。

そして、「秋風記」が重層的でとても面白いのは、この「サタンの愛」をずらし、更に新たに作り直している点だ。

そこにこそ、昭和一二年執筆の太宰作品と昭和一四年発表の太宰作品との相違を解く鍵があり、旧稿が発見され、本来の「サタンの愛」の姿が明らかになれば、研究が一層深まる面もあるだろう。

5 水中からのブレス、鏡からの反転

「〝事件〟らしい事件が何も起こらない」「情死行」で起こる唯一の事件、それが、Kがバスに呑み込まれる事故だ。もしかしたらKは死んでいたかも知れない。そこには、Kの死の感触が描かれている。


ばりばりと音たててKの傘が、バスの車輪にひつたくられて、つづいてKのからだが、水泳のダイヴイングのやうにすらつと白く一直線に車輪の下に引きずりこまれ、くるくるつと花の車。

「とまれ！　とまれ！」

私は丸太棒でぐわんと脳天を殴られた思ひで、激怒した。やうやくとまつたバスの横腹を力まかせに蹴上げた。Kはバスの下で、雨にたたかれた桔梗の花のやうに美しく伏してゐた。この女は、不仕合せな人だ。

「誰もさはるな！」

私は、氣を失つてゐるKを抱きあげ、聲を放つて泣いた。

ちかくの病院まで、Kを脊負つていつた。Kは小さい聲で、いたい、いたい、と言つて泣いてゐた。


その時のKは、「花の車」と「花」に譬えられる。そのことを考えると、先に引用した「花びら」を「もみくちゃにして、たまらなくなつて泣いて、…」とあったのは、「ばりばりと音たててKの傘が、バスの車輪にひつたくら

れ」る、この場面を先取りした表現であったと言えよう。

しかし一方で、それは「雨にたたかれた桔梗の花のやうに美しく伏してゐた」と、とても「美しく」描かれている。「Kのからだが、水泳のダイヴィングのやうにすらつと白く一直線に車輪の下に引きずりこまれ」とあるのは、やはり、水に呑みこまれていくような印象を与える。そして、Kの死を経験することによって、逆説的にも「私」は生命の息吹を感じる。言うなれば、ミュートが外れ、「いたい、いたい、いたい」とあるような痛々しさや、「不仕合せ」とあるような生きていることのみじめさ、生々しさが、「私」の中に沁みこんでくる。

雨の旅のなか「びつくりする程、大きい聲」で笑っていたKが、ここでは「小さな聲」で「いたい、いたい」と泣いている。虚ろに響く大きな声ではなく、小さな声を放って泣いているのだ。そこには痛みが伴い、伝わってくる。であればこそ、「私」も声を放って泣いているのだろう。この声は内在的な声だ。事故の後、「私」には現実感が生まれる。「青い縞」の美しさは届かなかった「私」の眼に、いまやそれは「桔梗の花のやうに」〈美しく〉映っている。

先の「暗闇の窓」が「雨音」という聴覚に結びつき、「谷川」と共に〈鶺鴒〉へと結実した場面において、あるいは「谷川」を見つめていた場面において、「Kは、うしろに立つてゐ」た。対して、この場面では、「私」が「Kを脊負」う。これは前に「私」がいて、後ろにKがいるという位置としては同じだが、「私」がいて、その後ろにKが立っているのと、「私」がKを背負って前にいるという意味での、前後の変化が見られる。位置関係はそのままながら、ぐるりと舞台がまわって反転するように前後が変わっているのだ。このふたりの立ち位置の反転は、鏡像と現実との位置関係を想起させる。鏡像と現実においても、左右上下はそのままで、反対になっているのは前後なのだから。

図1をみていただきたい。鏡を挟んで、身体とその鏡像との関係を記号により簡略化している。われわれの中心をO、その右側をO1、その前方をO2、その上方をO3で表し、これらの鏡の中の像をそれぞれO'1、O'2、O'3で表わしてある。左右・前後・上下の三方向を、等質的な記号で表しているところが、いかにも数学（物理学）的である。この図からすぐに分かるように、このうち反対になっているのは、O2とO'2、すなわち前後だけであって、左右と上下はそのままになっている。*21

〈Kがうしろに立っていた〉と〈私がKを背負った〉との関係は、鏡と現実のそれと重ねられる。左右上下はそのままで、前後が反対になっているのだ。言うなれば、「私」とKとは、鏡像から現実世界へと反転した。〈リフレクション〉は虚無へとつながる無限反射でもあったが、この場面では、〈リフレクション〉の力を利用しながら、現実に戻ってきていると考えられる。

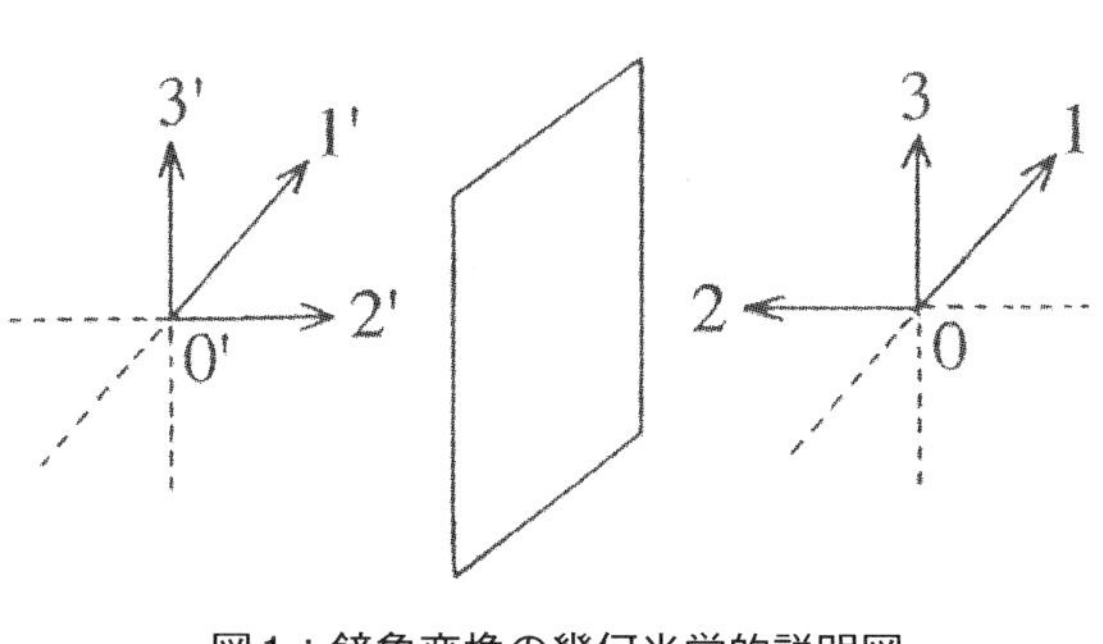

図1：鏡象変換の幾何光学的説明図

6　くるくるまわる花（傘）の形象とその変奏

ところで、「くるくるまわる花」の形象は、太宰文学に繰り返し登場する。「秋風記」の特徴を考えるうえで有効と思われるので、ここで少し太宰の他作品「斷崖の錯覺」（一九三四・四）を取り上げてみよう。

「斷崖の錯覺」は、〈大作家〉になりたいと渇望していた「僕」が、熱海にきて、ある新進作家の名前を騙って宿泊する。女性に声をかけることさえできなかった「僕」が、「僕」が騙った新進作家のファンだと言う、喫茶店で働く女性「雪」と懇意になる。しかし、事実の発覚を恐れた「僕」は「雪」を海に突き落とし、殺してしまう。犯罪は発覚せず、「僕」が名前を騙っただけで事件とは無関係の新進作家は〈大作家〉になっているという内容を含む短編小説だ。

「雪」を「僕」が落とす場面は、「すつと落ちた。足をしたにしてまつすぐ落ちた。ぱつと裾がひろがつた」と描かれる。花のように裾が広がり、まっすぐに落ちていく「雪」の形は、「秋風記」のKの姿と似通っている。

しかし、「斷崖の錯覺」と「秋風記」はベクトルが真逆だ。「斷崖の錯覺」では「雪」という名が体を表している。雪は水に溶ける。突き落とされた「雪」は、象徴的に言えば「海」に溶けて消えてしまい、「私」に現実の生々しさをもって迫ってくることはない。「雪」は、いわば〈大作家〉への供物とされ、海によって示される、不気味な〈大作家〉の欲望へと呑みこまれるのだ。[*22]

一方で、「秋風記」では、事故を契機に「私」たちは現実に引き戻される。「水泳のダイヴィング」に比されているKの事故の場面は、五感の認識にかかるミュートが外れる瞬間であり、〈水中〉に潜るのではなく、〈水中〉から水面に顔を出す瞬間と捉えられる。〈水中〉から顔を出し、浮かびあがる。そこにあるのは、〈雨〉にたたかれて濡れた桔梗、バルーンフラワーだ。溜息を吐いて旅に出た彼等が、ここで水面に顔を出してブレスする。その時に放つ「小さな聲」には、生命が感じられる。旅に入る前の「溜息」や〈水中〉で響いていた虚ろな声とは異なり、生命が宿っているという意味で、それはプネウマと捉えられるのではないか。

このような「秋風記」の「花の車」と「滿願」（一九三六・九）の結末で「美しい」と「私」によって思われる、くるくると回る「白い傘」とは近似している。「私」は、死の漂う虚無的な空間から実感できる現実世界へと〈リフレクション〉の力を利用して、ぐるりと反転する。

7　プネウマと題名の「秋風」

よくよく読めば、虚無的な空間においても、風は吹いている。最初に旅へ誘うためにKを呼ぶときにも「私」は口笛を吹き、*23あるいは、雨だれを落とすものとして「ふはつと風まかせに落ちるのもある」とも描かれていた。

ことしの晩秋、私は、格子縞の鳥打帽をまぶかにかぶつて、Kを訪れた。口笛を三度すると、Kは、裏木戸をそつてあけて、出て來る。（中略）

「死にたくなつた?・」

「うん。」

Kは、かるく下唇を嚙む。

「いまごろになると、毎年きまつて、いけなくなるらしいのね。（後略）」

「私」とKが旅にでたのは「晩秋」だ。その季節は「死にたくなる」ような、死にむかう季節である。その風は「雨だれ」を落とす。死へとつながる風だ。そこに吹く風は、「派手な花」と称された、「窓いっぱい」の紅葉も散らすだろう。ちなみに、派手とは「大げさ」なことを指し、ここ大仰・過剰な雰囲気は、虚無的な空間に見られるものだ。

先行研究の多くが指摘していたように、「秋風記」は死の色濃い小説であり、その小説空間には死が充満している。雨と同様に、その雨を落とす風も死を漂わせていた。どこかで、この死が充満する空間を壊さねばならない。そうでなければ、五節で見たような、生命を感じさせる〈風〉は吹きようがない。その転換点はどこにあるのだろう。生命の息吹を感じさせる〈小さな聲〉はいかにして放たれ得たのか。

Kがバスに轢かれる直前をもう一度思い返さう。


「僕、いちばん單純なことを言はうか。K、まじめな話だよ。いいかい？　僕を、――」

「よして！　わかつてゐるわよ。」

「ほんたう？」

「私は、なんでも知つてゐる。私は、自分がおめかけの子だつてことも知つてゐます。」

「K、僕たち、――」

「あ、危い」Kは私のからだをかばつた。

　ばりばりと音たててKの傘が、バスの車輪にひつたくられて、…（後略）

事故が起こるのは、Kが「私」を愛している？　あるいは「私」とKの関係性が肉親である？　ことが明らかにされたかも知れない瞬間だった。本作では、直接的には何も語られない。その瞬間は、自分たちが自分たちのことを語る、つまりは自己言及の、言うことができない極限の地点、自分たちの存在が何たるか、その秘密が明かされたかも知れない頂点だ。このような不可能な自己言及ぎりぎりの地点において、事故が起こる。そして、五節で見たように、Kと「私」とは実体のこもった〈聲〉、プネウマを獲得する。つまり、ここで、この地点で、死が漂っていた空間は壊され、プネウマが吹き込むのだ。この、不可能な自己言及ぎりぎりの地点、自己言及の、言うことができない極限の地点の彼方に、そこから吹き込む〈風〉に、読者は「秋風記」の新たに拓かれた消失点を感じとることができるだろう。

繰り返しになるが、事故後に「私」とKの放つ〈聲〉とそれ以前の晩秋の「風」とでは、同じ〈風〉でも明らかに質が異なる。認識にかかっていたミュートが外れ、「私」の中に生々しさが沁みこんでくる。その〈聲〉には実感が籠もっている。ナルキッソス神話に擬えて言うならば、それはもはや虚ろなエーコーではなく、〈実体〉の伴った〈聲〉となっていると言えるだろう。事故を経た「小さな聲」は、逆説的だが、死んでいく者の幽かなプネウマ〈生命の籠った息吹〉なのだ。そして、この息吹こそが題名の「秋風」の〈風〉につながるのだろう。[*24]

8 「この」「その」「あの」

さて、事故後、物語はどのように収束していくだろうか。矢島の前掲論文は、事故後の部分は「それまで統一的に語られていたKと私との湯河原への道行きがバス事故で終焉したあとの書き加えであると思われる」「それ以前の場面と全く位相を異にしており、急激な展開がこの小文のなかに書き込まれているのである」と指摘している。作者太宰治が加筆したか否かという問題は、本稿の目的とは異なるので脇に措いておくとしても、確かに矢島論が指摘するように、事故以前と以降とでは語りの位相が異なる。

まずは、事故以前がどのように語られていたか、物語を確認しておこう。そこでは、「このひととき」が強調されていた。

「あなたは、現在を信じない。いまの、この、刹那を信じることができる?」(中略)
「思ひ出に生きるか、いまのこの刹那に身をゆだねるか、それとも、――(中略)」
過去も、明日も、語るまい。ただ、このひとときを、情にみちたひとときを、と沈默のうちに固く誓約して、私も、Kも旅に出た。家庭の事情を語つてはならぬ。身のくるしさを語つてはならぬ。明日の恐怖を語つてはならぬ。人の思惑を語つてはならぬ。きのふの恥を語つてはならぬ。ただ、このひとときを、せめて、このひとときのみ、靜謐であれ、と念じながら、ふたり、ひつそりからだを洗つた。
「K、僕のおなかのここんとこに、傷跡があるだらう? これ、盲腸の傷だよ。」

事故前は、引用部分にあるように、「この刹那」「このひととき」という語が何度も繰り返されている。それは「語ってはならぬ」ひとときだった。そして、繰り返される「この」を受けるかのように、「ここんとこ」が示される。そこには「傷」「傷跡」があった。[*25]
片や、事件の後、物語は以下のような逸話をもって閉じられる。語りの位相が異なる事故後の段落を見てみよう。

三日まへ、私は、用事があつて新橋へ行き、かへりに銀座を歩いてみた。ふと或る店の飾り窓に、銀の十字架の在るのを見つけて、その店へはひり、銀の十字架ではなく、店の棚の青銅の指輪を一箇、買ひ求めた。その夜、私のふところには、雜誌社からもらつたばかりのお金が少しあつたのである。その青銅の指輪には、黄色い石で水仙の花がひとつ飾りつけられてゐた。私は、それをKあてに送つた。
Kは、そのおかへしとして、ことし三歳になるKの長女の寫眞を送つて寄こした。私はけさ、その寫眞を見た。

〈実体〉を伴う〈聲〉を獲得してから、一切の会話文はない。それ以前の場面では会話が多く、かつ会話は「らっきょう」の中身を探す行為に比される、虚ろなものであり、そのような空間からふたりは抜け出しているのだから、以前のように会話が描かれないのは当然と言えるだろう。送りあった「水仙」にも「寫眞」にも言葉は全く添えられない。「ありがとう」とか「ごめんなさい」とか「楽しかった」とかそういった添え文は一切ない。時間としては、先の引用の冒頭にあるように「三日前」から、末文に示されるように「けさ」へと、現在に近づいていく。語りの特徴としては、「その」が短いなかで「その店」「その夜」「その青銅の指輪」「そのおかへし」「その寫眞」と、五回も繰り返されている点を指摘できるだろう。「その」という指示語を繰り返して、物語は収束にむかっていく。「その」という指示語を繰り返すことによって、何度も何度も一度述べた事柄を過去へと押し出し、現在を外へと取り出している。特に結末の一文は、顕著だ。「寫眞を送つて寄こした」とあるのだから、「私」は「寫眞」と認識しており、すでに見ているはずであるのに、わざわざ「その寫眞を見た」と改めて書き、「寫眞」を強調している。「その」という指示語を繰り返す度に、ぱたんぱたんぱたんと物語の展開図は閉じられ、格納していき、最後に「寫眞」だけが浮かびあがる。

この「寫眞」の形状は、Kが眺めていた「暗闇の窓」と照応しており、「私」の見ていた水面や鏡とも重ねられる。そのような「寫眞を見た」とは、「寫眞」という存在そのものを「見た」ということを意味するのではないか。そこにKの子が映っていたのは、「この子を死なせてはならない」が示唆する「私」を想起させるのかも知れないし、あるいは、「私」とKとの「こどものじぶん」（平仮名でひらいてある意味の二重性にも注意！）を意味するのかも知れない。あるいは、Kを現実へと引き戻す綱として子どもの存在があったことを意味するのかも知れない。いずれにせよ、本稿で強調したいのは、「その寫眞を見た」とあるのが、即物的に「寫眞」という存在そのもの、「寫眞」というものそのものを〈見た〉ことを意味するということだ。「寫眞」存在そのものを即物的に〈見た〉ことによって、「私」は物語から身をはがせる。だからこそ、語ることが可能となるのだ。それを受けて冒頭にあるように、「ものみな物語め」く「物語の洪水」のなか「どんな小説を書いたらいいのだらう」→「Kを、語らうか」となるのだ。そして、物語は、「あの、」と語り始められる。[*26]

「斷崖の錯覺」では、「雪」は海に、物語に、死に、呑みこまれてしまった。「雪」は〈大作家〉への供物として捧げられたのだ。「僕」は作家にはなれない。それに伴い、「僕」ではない、〈大作家〉という主体とその不気味な欲望を描出することに成功している。

「秋風記」では、虚ろな〈リフレクション〉を繰り返し、〈聲〉を失っていた「私」は、Kの死ぬ感触を味わう。物理的には死んではいないが、その感触を味わうのだ。「斷崖の錯覺」で海によって表わされていた〈大作家〉が「雪」を呑みこむ際に味わっただろう感触を、「秋風記」では「私」が味わう。それによって、「私」は小説を書く。だからこそ、作家は「あの、サタン」であると言われるのだ。

　ひとことでも、ものを言へば、それだけ、みんなを苦しめるやうな氣がして、むだに、くるしめるやうな氣がして、いつそ、だまつて微笑んで居れば、いいのだらうけれど、僕は作家なのだから、何か、ものを言はなければ暮してゆけない作家なのだから、ずゐぶん、骨が折れます。僕には、花一輪をさへ、ほどよく愛することができません。ほのかな匂ひを愛づるだけでは、とても、がまんできません。突風の如く手折つて、掌にのせて、花びらむしつて、それから、もみくちやにして、たまらなくなつて泣いて、唇のあひだに押し込んで、ぐしやぐしやに噛んで、吐き出して、下駄でもつて踏みにじつて、それから、自分で自分をもて餘します。自分を殺したく思ひます。僕は、人間でないのかも知れない。僕はこのごろ、ほんたうに、さう思ふよ。僕は、あの、サタンではないのか。

「花」をめぐる実感が、ものを書くことによって示されているのは故なきことではない。プネウマと呼ぶべき〈聲〉を獲得した「私」だが、〈小説〉は書いた時点でその〈聲〉を失ってしまう。当然ながら、小説においては、会話は、書き言葉（小説の言葉）として書かれる他ない。小説家としての「私」は「宿命」として〈聲〉を求める。「私」は今、物語の洪水の中にいる。

注

＊1　津島美知子は「旧稿を全文改ざんすることなく、題を改め、（書き出しの一枚は書き直したかもしれないがあとは）、原稿用紙の行と行の間に書き込む程度の少々の訂正または書き足しをして、書下し短篇集の中に加えたのではないだろうか。そして旧稿の題が『サタンの愛』であったとすると、辻褄が合う」（『回想の太宰治』人文書院、一九七八・五）としている。残念ながら「サタンの愛」の現存は未だ確認されない。桜岡孝治の回想によれば、それは近親相姦の小説だったようだ（「解釈と鑑賞」一九六九・五）。このような旧稿の存在が指摘されることからも窺えるように、「秋風記」にも「私」とKとの近親相姦の片鱗が垣間見られる。

＊2　『太宰治大事典』（勉誠出版、二〇〇五・一）

＊3　「太宰治『愛と美について』」（「東京大学国文学論集」三号、二〇〇八・五）

＊4　佐々木啓一『太宰治　演戯と空間』（洋々社、一九八九・五）、藤原耕作「十字架と水仙——太宰治『秋風記』小論」（「東北文学の世界」一四号、二〇〇六・三）

＊5　例えば、藤原論は「十字架」を「子供のために生きる」ことと解するが、果たして「子どものために生きること」

が「十字架」的な意味での「自己犠牲」を表わすだろうか。「十字架」の示す「自己犠牲」は、イエスが磔刑にかかることであり、「十字架」はその罪、原罪を象徴するものだ。ナルキッソス神話から導き出される〈自己愛〉も、同様に、一般的に流布している、自己陶酔という意味での紋切り型の〈自己愛〉とは異なる。

本文にある「Kは、私を連れて旅に出る。この子を死なせてはならない」という一文は、「死なせてはならない」と考える主体が誰なのか、「この子」が誰を指すのか曖昧である。「子供のために生きる」ことは一方でナルキッソス的ともなりうるのではないか。もしかしたら、ナルキッソス的な関係が自己犠牲を引き起こすかも知れない。このような表現からも、本作では〈自己犠牲〉と〈自己愛〉とは単純に相反するものとして、対極に位置していないと想像させられる。藤原論の結論の感触には首肯させられるが、その様相はもう少し複雑であると考える。

＊6　小林幹也は「太宰治と花言葉」（「嬰咒」一九九九・三）において本作の黄水仙の象徴はナルキッソス神話のナルキッソスではなく、ハデス神話に登場するダフォディルだと論じ、花言葉から本作の「水仙の花」は「自己愛」ではなく「報われぬ恋」を暗示すると指摘する。本作では「水仙の花」の象徴性から作品全体を解釈する立場にはない。また本稿で示したように、ナルキッソス神話もまた〈リフレクション〉の到達不可能性により（もともと自己の鏡像を愛するという不可能な恋をしている）、「報われぬ恋」の要素も有する。

＊7　例えば、シュレーゲルのフラグメントにある〝Dichter sind doch immer Narzisse.〟（詩人はだが常にナルキッソスだ）（Atenaums-Fragment,132）。

＊8　多田智満子「逸脱の遠近法4――鏡を成仏させるまで」（『バルトルシャティス著作集4　鏡――科学的伝説についての試論、啓示・SF・まやかし』付録、国書刊行会、一九九四・一二）

＊9　「おんな言葉」については、中村三春「太宰治の異性装文体――『おさん』のために――」（「文学」一一巻四号、二〇一〇・七）などに詳しい。

＊10　「この子を死なせてはならない」とあるのは、すぐ上の文を受けて、Kを主体と考え、この子は「私」を指すと解釈することも可能であるが、鶴谷憲三は「「この子」とはKを指すのであろう」（「「秋風記」論」「太宰治研究4」和泉書院、一九九七・七）と、いわゆる主語を「私」と考えている。

＊11　本文から、Kを個の人間として、「私」の言説から逃れうる存在の可能性を見出して論じることは可能であり、Kを鏡像として描くような「私」の在りように対しても、その「私」の在りようをそのまま、そのようなものとして論じていく本稿に対しても、フェミニズム的批判は生じよう。このような二者の在りようを、鶴谷憲三は「極限すれば私とKとの関係は《他者同士》ではなく、私の中の二つの要素・葛藤を形象化したものなのであり、共に作者太宰のいわば分身」（前掲論文）と、作者側から論じている。

＊12　このらっきょうの皮の挿話は、「女生徒」においてマトリョーシカのような箱（最後に開けた箱も空っぽ）の逸話へと変奏される。微細な違いに拘れば、興味深いことが見えてくる。

＊13　「秋風記」（『太宰治全作品事典』勉誠出版、一九九五・一一）

＊14　＊10に同じ。

＊15　「太宰治・文学位相の転換（中）――『愛と美について』の問題――」（「國文學研究」六六号、一九七八・一〇）

＊16　芥川龍之介「お時宜」（「女性」四巻四号、一九二三・一〇）

＊17　太宰治「櫻桃」（「世界」一九四八・五）

＊18　水上温泉の事件に取材したとされる太宰作品「姥捨」に「もやもや朝霧の底に一條の谷川が黒く流れてゐるのも見えた」との類似した表現が見られる。谷川の黒（「姥捨」）と白（「秋風記」）の対比は興味深い。また「朝霧の底」という表現から、「道化の華」も想起させられる。

＊19　「日本書記」（巻第一　神代上（第四）一書第五）（『日本古典文学全集2』小学館、一九九四・四）

＊20　『古事記注釈』（ちくま学芸文庫、二〇〇五・四）
＊21　市村浩一『鏡の中の左利き――鏡像反転の謎――』（ナカニシヤ出版、二〇〇四・四）
＊22　「斷崖の錯覺」に関しては、本書Ⅳ「水に沈む主体と映し出される青空」の章も参照のこと。
＊23　太宰作品に響く口笛は、「葉櫻と魔笛」（一九三九・六）に描かれる葉桜の奥から聞えて来る不思議な口笛が題名でも示され強い印象を与えるが、例えば「饗応夫人」（一九四八・一）でも、泣くような笑うような笛の音に似た不思議な声を挙げて夫人は客を迎える。太宰作品と笛については、稿を改めて論じたい。
＊24　「秋風記」にはエピグラフが付されている。「秋風記」と題名があり、直後に続くエピグラフは「立ちつくし」で始まる。生田長江の詩句の最後を省略して、読点で終わらせている妙味についても記したいところであるが、ここでは、「秋風」「立ち」が、ポール・ヴァレリイ『海辺の墓地』（『Charme』一九二二）にある有名な詩句〃Le vent se lève, il faut tenter de vivre〃（風が起きた、生きる試みをしなければならない）を想起させることを指摘するに留める。堀辰雄がかの句を翻訳してみせた「風立ちぬ、いざ生きめやも」を収める「風立ちぬ」が発表されたのは昭和一二年一二月の「改造」である。ちなみに、杉捷夫訳のモーパッサン「モントリオル」も昭和一三年に『モントリオル』と改題されるまでは、「秋風記　モントリオル」であった。堀辰雄の「風立ちぬ」については、「葉櫻と魔笛」（一九三五・六）との関連について、花崎育代が「「葉櫻と魔笛」論　ロマネスクの外／追憶の家族」（『太宰治研究5』和泉書院、一九九七・七）で言及している。「葉櫻と魔笛」も言の葉とその向こう側から聞こえてくる音の物語を含有しており、言葉というコミュニケーーションの手段である手紙が消失しても魔笛をイニシャルにもつM．Tが示した口笛が鳴らされる。太宰文学と音について考えるうえでも重要な作品である。妹の病を「蟲に食はれてしまつた」と表現するなど、秀逸な比喩も光る。
＊25　本作における罪、十字架について論じる際に、この傷は見逃せない。また、「私」がKを呼ぶときの三回の口笛、

二人の年齢差の三、三日前、三歳の長女など三が繰り返されているが、このような数字の用い方も太宰作品に多く見られる。

＊26　文脈から考えると「あの、」は感動詞と考えられるが、語形が同じである以上、一読した瞬間には連体詞・指示語である可能性も捨てられない。ちなみに本文で連体詞・指示語の「あの」が付せられる語には、「あの、サタン」の他に「鶺鴒」もある。

〈灰色の震え〉と倍音の響き――「斜陽」

「斜陽」（一九四七・七〜一〇）は、太田静子の綴った（太田治子によれば「相模曾我日記と呼んでいた」）[1]ノートを太宰が受け取り、稿を起こしたことが先行研究で明らかにされている。[2]のちに石狩書房から『斜陽日記』として刊行された、この日記は戦前から戦後にかけての「お母さま」と「私」二人の「ままごと遊びみたいな暮し」が、お母さまの臨終に至るまで描かれる。その結末は「私は枕元に坐って、畳に両掌をついて、掌を上に顔を置いて、いつまでもお母さまの横顔を眺めてゐた」という一文だ。この末尾の完了形的用法の「眺めてゐた」は「いつまでも」継続され、その死（の終焉）は先延ばしにされている。一方、「斜陽」では、その時空は専ら戦後へと移され、彼女たちの身分は貴族と変更された。ここでは太田静子の母親という個人ではなく、「本当の貴族」が徹底的に滅んだことが示されている。聖書からの引用がちりばめられていることも「斜陽」の特徴のひとつだが、聖書的にいうならば、創世記における失楽園以前の〈楽園〉そのものを示すような世界が徹底的に滅ぶことを意味するようになる。[3]そうであればこそ、「私達の優しいお母さまが」（『斜陽日記』）亡くなったのではなくて、「日本で最後の貴婦人だつた美しいお母さまが」（「斜陽」）亡くなったのだとされているのだろう。「斜陽」では、『斜陽日記』（後に出版された『斜陽日記』が「相模曾我日記」にそのまま依拠していたとの太田治子の証言に従い、本稿では以下『斜陽日記』を便宜的に「日記」と表記する）の臨終の場面をそのまま利用しながら「いままでのお母さまより」（「日記」）ではなく、「生きてゐるお母さまより」（「斜陽」）とその死を強調し、「私は、ピエタのマリヤに似てゐると思つた」という、「日記」にはない一文が加筆されている。その文章は、従属節のなかの主語と目的語が不明瞭で、誰がピエタのマリヤに似ているのか、明快に指し示してはいない。おそらく、「ピエタのマリヤに似てゐる」のは「お母さまの死に顔」であり、文脈や性別から考えると聖母マリヤは「お母さま」を体現しているのだろう。しかし、聖書的図像のピエタで死んでいるのは、イエスのほうだ。これは一体どうしたわけだろう。そして、「ピエタのマリヤ」に似ているのが「お母さま」であり／ないとするなら、読者は何に（もしくは何処に）この御影を見出すのだろうか。

1 ピエタと聖母子像の逆説的な同時性

「斜陽」では結末近くに「マリヤが、たとひ夫の子でない子を生んでも、マリヤに輝く誇りがあつたら、それは聖母子になるのでございます」と「私」が書くことにより、ピエタとは異なる、もうひとつの聖母子像、生まれたばかりのイエスを抱く姿が提示される。この時、「私」は自らを「マリヤ」に充て、神西清が「見よ、新しい「聖母」のすがたが、満身の斜陽をあびてこの時くっきりと地平線に描き出される」と評した[*4]ように、読後に聖母子像が浮かびあがる言葉によって組みあげられている。しかし、この子を抱く聖母子像も、案外、複雑で、聖母＝かず子、イエス＝かず子の子と一直線に結びつく訳ではない。結末で、かず子が上原に「直治が、或る女のひとに内緒で生ませた子ですの」と伝えて、上原の妻にその子を抱かせると言うからだ。この場合、子を抱くマリヤは上原の妻がその位置を占めることになる。更に言うならば、「直治といふあの小さい犠牲者のために、どうしても、さうさせていただかなければならないのです」（傍点引用者、以下同様）とも書いていることを考え合わせれば、上原の妻が抱く子――かず子の先の発言によって、その背後にはマリヤに抱かれるイエスの存在がある――は犠牲者として死んだ直治をも包含することとなり、先行したピエタ像が呼び起こされる。つまり、本作の聖母子像は、マリヤが生まれた子を抱く聖母子像であると同時に、マリヤが死んだ子を抱く聖母子像《ピエタ》であるのだ。ふたつが浮かぶのではない。その像は幼子を抱く聖母子像であると同時にピエタなのだ。誕生と同時に死後という逆説。そのような逆説性が同時に表象すること。これは「十字架の神学」で言うところの、逆説の同時性と重なる。[*5]

かず子は「札つきの不良。私はその十字架にだけは、かかつて死んでもいいと思つてゐます」と書くが、そもそも札付きの不良は「直治の師匠さん」、上原を形容していた。すると、かず子は「札付きの不良」の信仰者であり、札付きの不良の十字架を背負っているのは、まっすぐ意味を取れば上原となる。言うまでもなく「犠牲者」という語の背後には、十字架と共に語られたときには、イエス・キリストの存在がある（だからこそ、単なる「犠牲者」ではなく、「貴い犠牲者」と言うのだろう）。

上原は「蓬髪は昔のままだけれども哀れに赤茶けて薄くなつてをり、顔は黄色くむくんで、眼のふちが赤くただれて、前歯が抜け落ち、絶えず口をもぐもぐさせて、一匹の老猿が背中を丸くして部屋の片隅に坐つてゐる感じ」と形容され、その醜い姿が示されている。しかし、夜が明けたその光を浴びて、かず子には「この世にまたと無いくらゐに、とても、とても美しい顔のやうに思はれ」た。上原の醜さが消えたわけではもちろんない。上原は以前のまま醜い。しかし、〈光〉を浴びた顔は、醜さがそのまま美しく思えた。この〈光〉は、コリントの信徒への手紙二の四章六節「「闇から光が輝き出よ」と命じられた神は、わたしたちの心の内に輝いて、イエス・キリストの御顔に輝く栄光を悟る光を与えてくださいました」（傍点引用者）と語られる〈光〉と機構が類似する。「十字架につけられ給ひしままなる」陰惨極まりないイエスの〈呪われた姿〉が、そのままに神によって〈祝福〉されている。このような逆説の同時性にこそ、パウロは〈復活〉を啓示された。〈復活〉は、「御顔」に「栄光を悟る」〈光〉によってもたらされる。このようなパウロの教えにも、「斜陽」と同様の〈醜いと同時に美しい〉という逆説の同時性を指摘できる。ちなみに、太宰治はパウロの有する逆説の同時性の核となる箇所を「パウロの混亂」（一九四〇・一〇）に取り上げ、「コリント後書は、神學者たちにとつて、最も難解なものとせられてゐる様であるが、私たちには、何だか、一ばんよくわかるやうな氣がする」と書いている。*6

この考えを敷衍すれば、題名の「斜陽」も暗（死）によって強調される明（誕生）ではなく、死によって止揚される生でもなく、もっと踏み込んで、両義性《ダブル・ミーニング》というより逆説的な同時性を読んでもいいのではないだろうか。*7 上原の顔が〈醜くもあって美しくもある〉のではなく、醜さが醜いまま同時に美しく思われたように。〈死〉であると同時に〈誕生〉を表わす。〈死〉であることがそのまま〈誕生〉なのだ。

2 倍音と調和《ハーモニー》、あるいは不協和音

「私の胸には蝮が宿り、お母さまを犠牲にしてまで太り」とかず子は言う。蝮はお母さまを犠牲にする。つまり、お母さまもやはり犠牲者なのだ。かず子が蛇の卵を燃やす事と火事を出す事は、「蛇の卵の事があつてから」「私が、火事を起しかけた」と共にお母さまの「お命を薄くさせた」行為として並べて提示されている。犠牲という言葉を視野に入れれば、いけにえを捧げる行為を想起させる。この場合、捧げられているのはお母さまだ。「醜い蝮」は生の情動にうごめき、「最後の貴族」のお母さまとの生活を壊そうとするものであり、また恋と結び付く。

一方で、「恋」の成就の相手役となる上原は、「シユルシユルシユ」という、舌を出し、とぐろを巻く蛇を髣髴とさせる音を発している。「貴族」としての「幸せ」な「生活」を脅かす「醜い蝮」だ。その意味では直治は蝮に成り切れなかったと言えるかも知れない。

かず子は「お母さまのお顔は、さつきのあの悲しい蛇に、どこか似ていらつしやる」と、母蛇がお母さまに似ていると考えていた。徘徊する「美しい蛇」は、「卵の母親」と認識されることによって、母であるお母さまと同一視される。しかし一方で、「生きるといふ事。生き残るといふ事。」「私は、みごもつて、穴を掘る蛇の姿を畳の上に思ひ描いてみた」とも書かれ、生きていくかず子の姿もまた穴に卵を産み落とす母蛇に喩えられている。「日記」から「斜陽」への改変に、「私」のみごもった子の存在がある。「日記」では、「私」は子を宿し、出産したのちに離婚する。その子は後に死んでしまうが、満里子と名付けられた。「斜陽」では、「私」（かず子）は身ごもって実家に戻り、死産する。子どもを宿しながら死産してしまった事態は、卵が孵らないまま燃やされ、墓に埋められてしまう情況と近似しており、母蛇はかず子だとも言い得るだろう。

　このように、状況や性質が重ねられるのは、お母さまとかず子だけではない。かず子が「札つきの不良」の「十字架」にだけは、かかつて死んでもいい」と「十字架」を掲げたことによって、「日本で最後の美しい」「本当の貴族」を体現していたお母さまと、「貴族」の「生活」を脅かす「田舎の百姓の息子」であった上原も、「犠牲者」としての同じ匂いを放つ存在となる。死の直前、かず子は「お母さまの枕元にぴつたり寄り添つて坐って編物などをした」と「ぴつたり寄り添」うことが繰り返されている。そしてお母さまの死後、今度は上原に「かへつてぴつたり寄りそつて」歩く。お母さまはかず子に灰色を背景にした調和を教えた。一方で、上原も「花と眞黒い枝の調和」の美しさをそれとなく指摘している。更に、お母さまは、「このまま、眼をつぶつてそのお家へ移つて行つても、いいやうな氣がする」「お母さまはお眼をつぶりながらお笑ひになり」「眼をつぶつて寝てゐるのだから」「お母さまは、ご安心なさつたやうに、眼を輕くつぶつて」と「日記」と比較しても、「眼をつぶつて」いる姿が多く描きだされているが、上原も「上原さんは、眼をつぶりながら私をお抱きになつて」と目を瞑る姿が示されている。そして、最後には「お母さまのお亡くなりになる前と、おんなじ匂ひがするんですもの」とまで言われるのだ。*8

　もちろん、かず子が掲げるのは「札つきの不良の十字架」であり、いわゆる十字架ではない。お母さまは「神さまが私をいちどお殺しになつて、それから昨日までの私と違ふ私にして、よみがへらせて下さつたのだわ」と言うのに対し、かず子は「いかにも私たちは、いつかお母さまのおつしやつたやうに、いちど死んで、違ふ私たちになつてよみがへつたやうでもあるが、しかし、イエスさまのやうな復活は、所詮、人間には出來ないのではなからうか」と言う。両者の違いはある。だがそれでも、蝮と蛇が究極的には同じであるように（かず子も母蛇であったように）、札つきの不良の十字架もまた十字架であることに変りはないだろうというのが、「戦闘、開始」として語られる聖書の引用「身と靈魂とをゲヘナにて滅し得る者」、ああ、私は自分こそ、それだと言ひ張りたい」と、いわゆる聖書の通常とは異なる解釈を展開する、かず子の主張なのだろう。

「斜陽」では、お母さまも死に、恋も消え、直治も死んだ、すべてが終わった、その極限の地点において（物語の時間軸では最後の最後となる極限の地点において）光源そのものの〈光〉によって遡及的に照らされ、蛇が鱗をひっくりかえすように反転し、天の蛇なる虹となる。[*9] その〈光〉は、物語内容に照らして言えば、子を宿した朝（上原の言うところの「黄昏」）の光であり、直治が死んだ朝の光だった。死であり同時に生である。そして、浮かびあがる聖母子像は、幼子を抱える聖母子像であると同時にピエタなのだ。

思えば、「ヨハネ受難曲」からも「イエスの傷のうちに見える傷」を聴くことができる。「思い見よ、血に染められた王の背中がいかに全てにわたって、天にふさわしくあるかを。その後、大波が、われわれの罪の洪水の大波が去った後には、こよなく美しい虹が、神の恵みの微として空にかかっている！」とある第二〇曲のアリアについて、鹿島浩は、「第20曲のアリアのなだらかな弧を描くような音型は、イエスの傷のうちに見える「虹」を表している」と指摘する。[*10]

ここで確認しておきたいことは、読後に浮かびあがる（「斜陽」が小説全体で浮かびあがらせることを企図している）聖母子像のマリヤは、「お母さま」でも「かず子」でも「上原の妻」でも「スガちゃん」でもないということだ。本作の登場人物たちは、異なる基音をもちながら響きあう倍音のように、互いを響かせあい、その聖母子像を支えている。別の存在でありながら、それぞれが十字架の響き、蛇の響き…などを有しており、それらが倍音として響きあう。そして、その響きのなかには、例えば、登場する人物の互いが蛇というタームで括られる協和的な性質を有しながら、「蛇」に対して「蝮」という不協和音も鳴っていて、その協和と不協和が「斜陽」における音楽性の深みとなっている。ちなみに、「ヨハネ受難曲」では、不協和音はドロローザを表現するものであった。[*11]

そして、「斜陽」で言うならば、「夕日がお母さまのお顔に當つて、お母さまのお眼が青いくらゐに光つて見えて」という、題名の斜陽を想起させられる夕日、そして、夕日の当たる顔から、直治の遺した「夕顔日誌」の夕顔に、さらには、その直治が恋焦がれる、架空の人物「スガちゃん」の、水色の夕空をバックにした子を抱くシルエットと響き合い、また、その「スガちゃん」がお母さまと同じ、無警戒な「正直」な眼をしていること[*12]、上原の子も大きな眼をもつとされること、そして、水平線は「お乳のさき」の高さにあり、概念的には瞳を横切るはずの水平線が、お乳の高さに、つまりは母に抱かれた時の子の視線の高さを示していること、これらすべてが、かず子自身「なぜさうさせていただきたいのか、よくわかつてゐない」と理解不能である行為を意味づけ、聖母子像を結ばせる力となっている。

3　水平線を超えるもの

「斜陽」は「日記」の「剽窃」と評されるほど[*13]「日記」と類似した文を使用するなかで、些細であるが、アルベルティが打ち出した幾何学遠近法を乗り越える水平線の提示を考えると、重要に思える語句の変更がある。それらは「硝子越し」と「灰色の空（との調和）」と「絹越しの光線」だ。「日記」で「お縁側のガラス戸を開けて外を眺めた」とあったのを、「斜陽」では「私は、障子をあけ、お母さまと並んで坐り、硝子戸越しに」と変更している。加えて言うならば、「呼吸がぴつたり合つてしまつた」とある前述の加筆部分でも、「私は支那間の硝子戸越しに、朝の伊豆の海を眺め」となっていた。

思えば、「斜陽」の空間は、「硝子戸越し」の半透明性、薄暗さに満たされている。作品内がよく雨後の霧に包まれていることも半透明性を強めているし、「日記」の「暗くなると」は、「薄暗くなつたら」と書き改められ、「薄暗さ」が強調され、反復されている。そして、その透明性を欠いた灰色は調和を生み出すものだ。「私」はお母さまの選んだ毛糸によって「灰色の雨空と、淡い牡丹色の毛絲と、その二つを組合せると兩方が同時にいきいきして來るから不思議である」「モネーの霧の中の寺院の繪を思ひ出させる。私はこの毛絲の色に依つて、はじめて「グウ」というものを知らされたやうな氣がした。」「お母さまは、冬の雪空に、この淡い牡丹色が、どんなに美しく調和するかちやんと識つていらしてわざわざ選んで下さつた」という経験をする。「日記」では同様の事柄の中で「調和」という言葉はなく、代りに「この毛絲の美しさ」という語句が繰り返され、毛糸に力点が置かれている。対して、「斜陽」では灰色の生み出す「調和」を強調している点は見逃せない。何故なら、灰色こそ、幾何学的遠近法の水平線を超えうる可能性を有する震えであり、如上の、別の基音でありながらも重なりあう倍音的な調和《ハーモニー》を空間内において支える基板となるものであるからだ。詩的な喩えを許してもらえるならば、空間を満たす薄い水滴の集合は、プリズムの働きによって、虹の色彩を浮かび上がらせる。

岡田温司は、アルベルティが考案した幾何学的遠近法の「窓」のメタファーに基づく視線の透明性をカンディンスキーをはじめとしたモダニズムの美学が、その力点を一八〇度シフトさせたと指摘し、「表象の不透明性」をアリストテレスの用語「ディアファーネス」を用いて説明する。*14 彼によれば、それは「無限定で空虚な広がりというよりも、事物のすぐそばにあって、その位置を決定すると同時に漂わせている境界でもある」もので、「それゆえ色は、物体の表皮のように張り付いているというよりも、そのやや手前にしてしかもやや向こう側にあると言うべきである。色は、物体の境界面に含まれるのだが、だからといって、この境界そのものを構成しているわけではないのだ」。

たとえば、ステンドグラスも「その透明性においてというよりも、さまざまな色を宿したその半透明性においてこそ、むしろ、神的な光を受肉するものとなる」と解釈される。

このような〈灰色〉が「斜陽」では、作品内の色彩を生み出す半透明な基板となっている。「日記」ではかず子とお母さまの過ごす地が「絹ごしの空氣」であるとされていたのに対し、「斜陽」では、同様のおいしい空気を「光線が絹ごしされてゐるみたい」と、空気に浮遊する（灰色の）塵などに反射して初めて感じとられる〈光〉が的確に捉えられていたことは見逃せない。

成立事情に話を戻すなら、「日記」を書いた太田静子はもともと太宰作品の愛読者だった。そして、太宰に促されて「日記」を書いた。そのような「日記」を基に、もともと反射する鏡や水面などの動機《モティーフ》を作品内に多く用いる太宰が、「日記」の言葉の繁みの中の自分の声のこだまを耳にしながら「斜陽」を生み出した。その結果、作品の中に、砕けた鏡（海の表面に反射する光）や、こちらとむこうを二重に写した窓ガラス（倍音で示したような重なりとずれ）、あるいは、乳白色の雲とその中に浮かぶブロッケン現象のような人影を生み出しているのではないだろうか。「日記」と「斜陽」とは楽譜で示される音律（つまりはテクストとして提示される文字）は酷似している（箇所が多い）。しかし、そのなかで響く（ように企図された）音響はまるで異なる。音響に耳を澄ませば、両者は別の作品と評価することが可能となるだろう。

注

＊1　『明るい方へ』（朝日出版社、二〇〇九・九）

＊2　山内祥史『太宰治の年譜』（大修館書店、二〇一二・一二）

＊3　「斜陽」における失楽園と蛇の関わりは、角川周治郎「不良と「恋と革命」、そして十字架――『斜陽』のルター

的視座」(「キリスト教文藝」二一号、二〇〇五・三)などに指摘されている。そして、「斜陽日記」については小森陽一が「解説」(『斜陽日記』小学館、一九九八・六)で「すでにはるか昔に失われてしまったはずの、自他未分化な母子一体関係の退行幻想をお互いに交わす言葉の中で創り出している」と指摘している。ちなみに「斜陽」で使用される「いつまでも」は、水平線を見ながら二人の呼吸がぴったり重なる場面「いつまでもお母さまのうしろに立つてゐて」の箇所である。「日記」で示される「聖純《きよら》」な生活は、「斜陽」では徹底的に崩壊され、かず子はすべてを失い、水平線――聖母子像へと移項されていることがここからも確認できる。

＊4　神西清「斜陽の問題」(「新潮」一九四八・二)。後、『太宰治論集同時代篇2』(ゆまに書房、一九九二・一〇)所収。

＊5　逆説の同時性、「十字架の神学」については、青野太潮『「十字架の神学」の成立』(ヨルダン社、一九八九・六)、『「十字架の神学」の展開』(新教出版社、二〇〇六・一一)、『「十字架の神学」をめぐって』(新教出版社、二〇一〇・八)などに詳しい。

＊6　太宰のパウロへの言説を清水氾は「文学的連想」とする(『教会へは行きませんが、聖書は読みます』真菜書房、一九九六・五)

＊7　高田知波「『斜陽』論」(「国文学」一九九一・四)。後、『〈名作〉の壁を超えて』(翰林書房、二〇〇四・一〇)所収に「『斜陽』のタイトリングにこめられていたのは「滅びの宴」だけでもなければ、「道徳革命」に向かうかず子の生き方が「題目とは裏腹」なのでもない。(中略)「太陽」の双方を内包する両義性において『斜陽』の題名のメッセージは解読されるべき」との指摘がある。

＊8　「最も重要な犠牲の種類は燔祭(全焼の犠牲[犠牲全体を焼き尽くすもの]である」(『聖書大辞典』教文館、一九八九・六)。また、お母さまは「燃やすための薪だもの」と灰燼と化すことを肯う。この発言は、聖書の箴言の引用

と共にかず子によって捉えられ、受け入れられるが、後述する灰色を考えるうえでも注目に値する。

＊9　これ以降の本文は書簡であり、物語の出来事はここが最終到達地点であり、いわばこの〈光〉が物語空間の〈消失点〉にあたる。「斜陽」の読みについては、拙稿『虹と水平線』（おうふう、二〇〇九・一二）も参照されたい

＊10　鹿島浩「「ヨハネ受難曲」曲名解説」（北九州聖研究会、二〇一四・一一・一六）。

＊11　＊10に同じ。鹿島は「第一曲冒頭、うねるような弦楽の動きの中で、オーボエとエラウト・トラヴェルソが不協和音を鳴らす。これは「レ・♭ミ・ソ・ド」という音型となっており、上下2音、中2音に線を引くと十字架が現れる。鋭い不協和音は十字架上の苦痛を表現しており、受難曲の冒頭にふさわしい劇的なものとなっている。この十字架の音型は、第21曲dと、第23曲dの「十字架につけろ」の合唱を先取りするものである。第1曲で早くも受難曲の中心的なテーマが表される。「もっとも低くされた時にも、栄光をお受けになった」という言葉である。十字架による死刑とは人間として最低の扱いを受けながら命を亡くすことであるが、イエスはその中で栄光を受けられるということが歌われる。どの作曲家の受難曲においても同じテーマは持っているのだが、バッハの『ヨハネ受難曲』ではこのパラドクスが全編を貫いて強調されているように思われる」と指摘する。

＊12　瞳で言えば、「日記」では、勤労奉仕に出かけたときにスパイではないかと疑われ、「どうしてあんなことを言ふのでせう」とたずねた「私」に「眼の色が青いからでせう」と言われたとある部分が、「斜陽」では「外人みたいだから」に変えられていて、「青い眼」の属性がお母様に移っている。

＊13　『斜陽日記』「相模曾我日記」、『斜陽』との関わりについては、相馬正一「『斜陽日記』のオリジナリティー――創作「相模曾我日記」の活字化」（「国文学」四四巻七号、一九九九・六）などに詳しい。

＊14　『半透明の美学』（岩波書店、二〇一〇・八）。岡田温司は同書で「はじまりと終わり、誕生と消滅、それら両極のいずれにも結びつきうる」灰色を、クレーは「色環をひとつの回転運動のようなものとしてとられ、その運動のな

かで色の相互にさまざまに生成変化を遂げる」色彩感の中にあったことや、カンディンスキーの色と音の対応を見たとき、灰色は息継ぎにあたること、あるいはベーコンの半透明性が水と結びついている点なども指摘する。これらすべては太宰作品のなかにも見られ、太宰文学の同時代性とともに新たな読みの可能性が開けていると考えるが、これについては稿を改めて論じたい。

II

信仰と音

小説に倍音はいかに響くか、言葉《ロゴス》はいかに生成するか――「I can speak」

ふたつの小説がある。そこに全く同じ「青空の写る水たまり」があり、それがとても美しく小説内に響いていたとしても、その「水たまり」という語は同じ音色ではない。その音響も異なる。それらが同じ語であっても。周波数が全く同じふたつのソの音であっても、それらが異なる音色を有するように。

音に含まれる成分のなかで、周波数の最も小さいものを基音、その他のものを倍音と呼び、楽器などの音の高さを言う場合には、基音の周波数をもってその高さとする。つまり、音色の違いは、倍音によって生み出される。倍音は、音子を積み上げ、音響を生成する形式であり、であればこそ、同時に、それらの審美の判断や理解をするための形式となる。音は空気の振動だ。「私たちは、物理的な音を直接聴くのではなく、脳で音刺激を作りなおして聴いている」[*1]のだ。そして、倍音は、音刺激を音色として、音響として「聴く」ために依拠する形式とも言えるだろう。象徴形式のひとつであるならば、小説を構成する言語を理解する手立てとしても援用できる。

そこで本稿では、太宰作品、特に昭和一四年の太宰作品の音響を倍音に留意して聴いてみたい。昭和一四年前後の太宰作品の言葉には実にさまざまな倍音の響きがある。何故、この時期なのかと問われれば、太宰は音響について考えている作家であり（「音について」（一九三七・一）というエッセイもある）、これまで自分が語ってきた語り方とは異なる方法によって小説の言語を構成しようと意識的に模索していた時期にあたるためと返答できよう。さらに戦争の招いた言語統制という時代状況も勘定に入れなくてはなるまい。火野葦平の「麦と兵隊」「土と兵隊」が発表されたのは昭和一三年。翌年には映画化され、公開された。検閲による小説の削除や雑誌の回収など鋏禍の例も多く、[*2]

戦争の跫は確実にすぐそこに迫っている。

太宰作品の言葉が構成する空間の特徴について考えるために、以下、音響、特に倍音に注意しながら、発表時期からもその内容からも、先行研究においていわゆる中期の出発点となった作品のひとつに数えられる「I can speak」を読んでいく。

1 「声」を失った「歌」

「I can speak」は昭和一四年二月「若草」に発表された小品だ。この作品には太宰らしき作家「私」が御坂峠から降りて甲府に滞在した昭和一四年の九月から二月の様子が描かれている。実際に太宰はその時期甲府に滞在しており、経験をそのまま写した随筆のようである。しかし、掲載雑誌の発行日に照らせば明らかなように、太宰が執筆しているのは少なくとも一月以前（井伏宛書簡から推察すると一二月二六日以前）であり、執筆時点では二月を体験していない。このことからも体験をそのまま写した作品ではないと判じられるだろう。

本作には冒頭近くに「わが歌、聲を失ひ、しばらく東京で無爲徒食して、そのうちに、何か、歌でなく、謂はば「生活のつぶやき」とでもいつたやうなものを、ぽそぽそ書きはじめて」と書かれている。発表時期とこのような言説から先行研究ではいわゆる中期への移行期にある作品として次のように取り上げられてきた。

「これまで自在に歌い続けてきた抒情歌《リリシズム》に別れを告げ、自己韜晦の日常性に沈潜せざるを得ない時代状況を生きる一作家の、不本意なつぶやきである。まさに、太宰自身の〈歌のわかれ〉でもあった」[*3]。

この相馬正一の論を受けて今西幹一は「論者の理解では、『甲府もの』及びその前後の作——この「I can speak」を初め「富嶽百景」、「美少女」、「畜犬談」、「新樹の言葉」等いずれも、周囲近辺の人（家畜も含めて）の純性に触れて、〈歌声〉の蘇生、恢復を図っていくところにある」と述べている。[*4]
「歌のわかれ」と捉えるか「歌声の蘇生」と捉えるかで両者は正反対の立場にあるように思えるが、これらの意見にはいずれにも留保が必要だ。先に引用した冒頭近くの本文を想起してほしい。「わが歌、聲を失ひ」である。前者は「I can speak」自体ではなく、太宰の文学姿勢を論じていることもあって、「聲」についてはあまり問題視せず、後者でも「歌声」と表記し、ふたつは一緒くたにされている。しかし、本作で重要なのは「歌」と「聲」とが別々に示されている点であり、これらを一緒に考えてしまっては、わざわざ「わが歌、聲を失ひ」と書いてある、作品の本質を捉えそこなう可能性があるのではないだろうか。

2 風吹く山の上での約束

「わが歌、聲を失」った「私」は、「御坂峠頂上の天下茶屋といふ茶屋の二階」から甲府に降りてきて「まちはづれの」「日當りのいい」「下宿屋」の「二部屋」で仕事を進めている、と書かれている。この記述から、上から下への動きが強調されていることが窺える。わざわざ「頂上」と書かれ、しかもその「二階」から「降りて」という形容を用い、「下宿」に住んでいると書かれている。

では、その頂上で「私」が何をしてきたか、と言うと「約束」だ。「私」は「約束をし」て、甲府へ降りてきた。そして、その約束を履行しないと「破戒のやうな氣がして」と大げさな表現をする。「破戒」とは宗教的な表現だ。のちに、「はじめに言葉ありき」というヨハネ福音書の一節が引用されることを考え合わせると、モーセの十戒がシナイ山でなされていた事が思い出される。その他、山上の垂訓や山上の祈りなどを想起することも無駄ではないかもしれない。[*5]神は天に在す。神の言葉は山頂からもたらされる。

その「約束」をした日は「木枯つよい日」であった。山上には強い風が吹いている。また「私」自身も、山のうえでは「變なせき」をしていた、と書かれている。「吹く」「せき」。これらは共に人間の肉体で言えば、吐く息に関連する。

このようにして「私」が山の上でした約束とは、小説を完成させることであった。そして、下山した「私」には「わかい女の合唱」が聞えて来る。

3 「唄」「(生活の)つぶやき」

おひるごろから、ひとりでぼそぼそ仕事をしてゐると、わかい女の合唱が聞えて來る。

「合唱」のなかにひとつ「際立っていい聲が在つて」(実際、そのようなことが可能であるかは不明ながら)、その「いい聲」に「私」は耳を傾ける。その「唄」は、「私の仕事」を励まし、「私」は「投文」することを考える。実際に「投文」はなされないが、小説内にその内容が書かれている。

ここにひとり、わびしい男がゐて、毎日毎日あなたの唄で、どんなに救はれてゐるかわからない、あなたは、それをご存じない、あなたは私を、私の仕事を、どんなに、けなげに、はげまして吳れたか、私は、しんからお禮を言ひたい。そんなことを書き散らして、工場の窓から、投文しようかとも思つた。

彼女の「唄」は私をして言葉を書かせる。この「あなたの唄」について田岡彬一は「「私」が感動するのは、それが、「私」と「自分の仕事」とをはげますとともに、「歌」を取り戻させたからだ」と述べている。[*6] しかし、「あなたの唄」を聞いた時点で「私」が「歌」を取り戻せたと判断するのは時期尚早だろう。更に言うならば、「私」は言葉をつむいではいるが、語りかけてはいない。そこに声はない。

第一、表記に留意すれば、「あなたの唄」と「わが歌」とは同一のものではない。ここで聴く「わかい女」の「唄」は「唄」と表記されていて、「わが歌」の「歌」と書き分けられている。「わかい女」の「唄」は「唄う」という動詞も含めて、すべて「唄」で統一されている。つまり、それは「わが歌、聲を失ひ」と冒頭で書かれた「歌」ではない。必然的にそれを「唄う」「わかい女」の「いい聲」も「わが歌が失っ」た「聲」とは異なると考えなくてはなるまい。

「あなたの唄」を聞きながら「私」は「ひとりでぼそぼそ仕事をしてゐる」。それにしても、仕事をぼそぼそするとは少し変った表現だ。「ぼそぼそ」とは「声が低いさま。小声なさま」あるいは「水気がなく乾いているさま」を表す語のはずだ。「細々」ならまだしっくりくるが、「ぼそぼそ」は仕事をする様子を表すには一般的ではない。ここで「ぼそぼそ」という表現を用いているのは、冒頭近くに、「「生活のつぶやき」とでもいつたやうなものを、ぼそぼそ書きはじめて」とあったのを受けていると考えられる。つまり、「私」が書いているのは、「歌」ではなく、「生活のつぶやき」のほうだと言えるだろう。「わかい女」が「唄う」「唄」は「歌」ではなく、また彼女の「いい聲」に「私」が励まされて書いているのも「歌」ではない。ここでは合唱のなかの際立ったいい声、調律された声が示されるに留まる。

4 「酔漢の言葉」「歌」

では、何をきっかけに「私」が「歌」を思い出すかと言うと、酔漢の言葉だ。あからさまに「唄」である合唱に「歌」を思い出さず、酔漢の管を巻いている言葉に「歌」を思い出すとは、逆説的で面白い。「唄」と「酔漢の荒い言葉」の表現を比較しておくと、「あなたの唄」は「聞えて來る」ものであるのに対して、「酔漢の荒い言葉」は「突然、起つた」もののとされている。また、その音を聞く「私」の態度も、「耳傾ける」だったのが、音に対して集中する「耳をすました」になっているという違いも見られる。また、「あなたの唄」は「小路ひとつ距て」た向こう側から聞こえてきたが、「酔漢の言葉」は「小路」そのもので突然起こる。

——ば、ばかにするなよ。何がをかしいんだ。たまに酒を呑んだからつて、おらあ笑はれるやうな覺えは無え。I can speak English. おれは、夜學へ行つてんだよ。姉さん知つてゐるかい？　知らねえだらう。おふくろにも內緒で、こつそり夜學へかよつてゐるんだ。偉くならなければ、いけないからな。姉さん、何がをかしいんだ。何を、そんなに笑ふんだ。かう、姉さん。おらあな、いまに出征するんだ。そのときは、おどろくなよ。のんだくれの弟だつて、人なみの働きはできるさ。嘘だよ、まだ出征とは、きまつてねえのだ。だけども、さ。I can speak English. Can you speak English? Yes I can. いいなあ、英語つて奴は。姉さん、はつきり言つて吳れ、おらあ、いい子だな、な、いい子だらう？　おふくろなんて、なんにも判りやしないのだ。……

「何がをかしんだ」「何を、そんなに笑ふんだ」「いい子だらう？」と問うが、その問いへの答えは一切ない。そこにあるのは、酔漢の、管を巻く言葉のみだ。このような繰り返しの多い「酔漢の荒い言葉」は、突飛かも知れないが、例えば、A・A・Bの十二小節形式で、四小節の同じ歌詞を二度繰り返すブルースコードを彷彿とさせる。この言葉がブルースであると主張したいわけではない。ただ、この「酔漢の荒い言葉」は、言葉ながら、「歌」的であるとは指摘できるだろう。実際にこの「酔漢の荒い言葉」は「私」をして「忘れた歌を思ひ出したやうな氣」にさせる。

もちろん「酔漢の荒い言葉」だけでは、「歌」とはなりえない。では、いかにしてそれは「私」に「歌」を思い出させた気にさせたのだろう。その答えが倍音の響きにあり、「歌」はそれによる波動が生み出す音だ。

I can speak といふその酔漢の英語が、くるしいくらゐ私を撃つた。はじめに言葉ありき。よろづのもの、これに據りて成る。ふつと私は、忘れた歌を思ひ出したやうな氣がした。たあいない風景であつたが、けれども、私には忘れがたい。

「I can speak」。これが小説の題名となっている。発話・話すに近い英語には、say, tell, talk, speak などが挙げられる。say は「(一般的)言う」、tell は「(言うべきことがあって)語る」、talk は「(無駄話も含めて)しゃべる」。それに対して、speak は「話す」。speak 以外は話す内容(目的語)にその言葉を使用する根拠があり、(いずれも自動詞、他動詞となり得るが)これらの類似語の中で speak は話す行為自体に、より重きがあると言えるだろう。更に、本文でも、「酔漢」の「I can speak English」という他動詞が「I can speak」と自動詞となっていることを思い起こさねばなるまい。目的語が落ちることによって発声という意味合いが強くなる。発声の意味合いが強くなることによって、より原初の、ジェネシスの(発生・起源の、創世の)発声を想起させる。そこで「私」は聖書の「創世記」にある、創造主が初めて、まさに初めて世界をつくるときに、「はじめに言葉ありき。よろづのもの、これに據りて成る」とされる〈言葉〉が発せられたことを思い出す。いわば、「酔漢」の「I can speak English」に、創造主の「speak」の響きを聞いたとも言えるだろう。言い換えるならば、「酔漢の英語」の「I can speak」を基音に、倍音が響く。「はじめに言葉ありき」が示唆する原初の発声は、その最も高い倍音と言えるのではないか。

I can speak といふその酔漢の英語が、くるしいくらゐに私を撃つた。はじめに言葉ありき。

ここでは、「撃つ」と書かれている。「聴く」ではなくて「撃つ」だ。「撃つ」は「聴く」より、波動が鼓膜を捉え、ふるわせ、強く「私」に伝わっている様を描き出す。

旧字体の「聲」の漢字の成り立ちを考えると、石板をぶらさげてたたいて音を出す、磬という楽器を描いた象形文字だ。殳は、磬をたたいて棒をもつ姿。磬と聲は同じ語源を有する。更には、「磬を撃つ」という慣用的な言い回しは、読経のときに磬を撃ち、聖なる空間を生み出すことを表現する。

「私」の鼓膜が、「私」全体が、楽器のように体を振動し、震わせ、響くことによって、「忘れた歌」が思い出される。基音としての「酔漢の荒い言葉」。その言葉は豊かに倍音を含んでいる。「酔漢の荒い言葉」を基音に、そのもとも高い倍音として「はじめに言葉ありき」とされる、創造主が原初に発した、「よろづのもの、これに據りて成る」とされる〈言葉〉が響いている。

「I can speak」が「私」の鼓膜を叩き、それら全体が音響となる。それはたしかに〈歌〉なのだ。私の失った「歌」を思い出させる、忘れた「わが歌」に通じる〈歌〉。

5 聴覚刺激の「風景」化──月と白梅──

もう少しこの場面を見てみよう。まず「酔漢の荒い言葉」が起こる。「私」は耳を澄ます。「何がをかしんだ」「何を、そんなに笑ふんだ」「いい子だらう?」とあるが、「酔漢の荒い言葉」があるだけで、姉の返事はまったく描かれない。「酔漢の荒い言葉」に「私」は小路を見下ろす。

> 私は、障子を少しあけて、小路を見おろす。はじめ、白梅かと思つた。ちがつた。その弟の白いレンコオトだつた。

声の主を探しているにも関わらず「白梅かと思つた」「ちがつた」「白いレンコオトだつた」と言うのはとても不思議だ。「白梅」は「言葉」を話さない。ここでは、「酔漢の荒い言葉」を耳にしながら「私」は障子をあけている。先に全文引用した「酔漢の荒い言葉」の文末にある「……」が示しているように、「酔漢の荒い言葉」はその時も続いているはずだ。しかし、台詞は一切書かれない。「言葉」はない。声の主を「白梅」と捉えたように、これ以降は「酔漢の荒い言葉」として捉えられた聴覚刺激が視覚化、風景化されていく。

ここで再び上から下への視点が示される。「私」は、小路を見下ろした。「その塀の上の、工場の窓から、ひとりの女工さんが、上半身乗り出し」と上から下へのまなざしが強調されている。

その最も高い位置にあるもの。それは「月」だ。「月が出てゐた」。酔漢が白梅に見えるのも、暗闇で季節はずれの白いレンコオトが白く「私」の目に映るのも、月の光が反射していたからだ。そこには白梅（に見えた白いレンコオト）があり、そして、月が、月の光が差し込んでいる。もしもここに月の光がなければ、白は反射しない。「私」の目に映ることはなかっただろう。暗闇では風景を捉えることはできない。この風景は、月の光によって成立しているのだ。

「はじめに言葉ありき」。この言葉が示すのは、世界は言葉によって創られた、ということだ。この小説も言葉によって成立している。その意味で、言葉と月（の光）は重ねられる。

「はじめ言葉ありき」。創造主の「はじめの言葉」は「創世記」によれば「光あれ」であった。そのことを想起すれば、この月の光は、創造主が原初に発生した、はじめの言葉「光あれ」とつながっている。

　姉の顔は、まるく、ほの白く、笑つてゐるやうである。

そのとき、姉が「まるく、ほの白く、笑つてゐるやう」とあるのは、月が投影しているからだろう。このように姉の姿が描かれていることで、月もまた弟の姿を肯定的に捉えているかのようで、「たあいない風景」は（月光の下で鬼が踊る不気味な風景ではなく）、微笑ましいものとなるのではないだろうか。この月光はこの風景にあまねく降り注いでいる。

「酔漢」の「言葉」は「私」が障子をあけて以降、まったく書かれていない。「酔漢」の言葉どころか、それ以降、まったく会話はなく、風景のみが展開する。[*7] そして、月の光がその風景をあまねく照らしている。つまりは、風景は月の光によって成立している。一方で、前述のように、「よろづのもの、これに據りて成る」は言葉が世界をつくっていることを示唆していた。すべてのものがそれによって成り立っているという意味で、月（の光）と言葉は重ねられる。一歩進めるならば、言葉は（「撃つ」が示すように）振動であり、その波長が月の光の波動となって視覚化、顕在化しているのだ。太宰の他作品でも波動の転換が見られる（たとえば「きりぎりす」でも、絵画を構成する色彩をわざわざ、「青、黄色、白だけの畫」という色に言い換え、それらを混ぜ合わせると作れる「きりぎりす」色の振動は声へと転換する）[*8]が、ここにおいても、言葉の振動が光の波長へと転換されている。

更に、聖句が引用されることによって、聖書的なコードが奏でられていることも指摘しておこう。この空間には聖書的なコードが満ちている。この聖書的なコードは「光あれ」という語を含んでいる。ここで今一度、この空間には月光が満ちていることを思い出したい。つまり、聖書的なコードが光に展開されて、空間を満たしていると考えられるだろう。

但し、一点だけ光が届いていない場所がある。それは「酔漢」である「弟の顔」だ。姉の顔が「白く」あったのに対して、弟の顔は「黒く」あった。

先ほど確認したように、姉は下を向いて身を乗り出して下を見ている。弟は下塀に寄りかかっている。もしかしたら月のほうを眺めているかも知れない。対面から「私」はその姿を眺めているのだろうか。下を向く姉と、空を仰ぐ弟。月は最も上にある。そうであるならば、下を向けた姉の顔は影になり、寧ろ、弟の顔が月光を受けて白くなるべきではないだろうか。

この弟について、田岡は前掲論文で「お互いに異体同心として設定されている」「すなわち『弟』は、『私』の分身である」と指摘し、今西もまた「『酔漢』に自らの相似形を見出した」としている。なぜ、弟に光が当らないがないかは、このことが関係している。それは映される風景において、「弟の顔」が盲点になっているということだ。「私」が「弟」に自分を投影しているが故に。

すべてのものに降り注ぎ、その世界をつくりだしている月は、逆遠近的にその眼差しを想起させる。そこには目がある。その瞳において、本作ではこの弟が盲点となっているのではないかと指摘できる。

6 「I can speak」「啞」「死者の声」

本作を考える上で有効と思われる太宰作品がある。それは昭和一五年一月に発表された「鷗」だ。「鷗」も自分自身に「啞の鷗」を感じる作家が描かれ、作品内には汽車の音、そしてその怒号の奥底から聞こえる童女の声が描き込まれる作品で、聖書の言葉も引用されている。萬所志保が指摘するように、「「唖」とはなにも〈言葉〉が全く存在しない状態を指しているのではなくて、音声としてそれを発することのできない状態を示している*9」。

「I can speak」においても、「私」はすでに「わが歌、聲」をなくしている存在であった。本作は、〈声〉を失っていた者が〈声〉を取り戻した、と云う単純な作品ではない。〈声〉を失った存在が、〈声〉を失ったまま話すところに小説の眼目はある。題名が示しているのは、〈声〉を失っているのに、それでも「話すことができる」という意味での「I can speak」なのではないだろうか。

「I can speak English」と言った「酔漢」は決して流暢に英語が扱えるわけではないと想像される。そこに仄かされるのは入門英語だ。更に言うならば「のんだくれの弟だつて、人なみの働きはできる」や「おらあ、」「いい子だらう? おふくろなんて、なんにも判りやしないのだ」などの発言から、彼はいつも人並みの働きができない、いい子でないとされる存在であり、それほど声高に自分を主張できるわけではないと想像される。そのような彼があえて「I can speak」の倍音を有する「I can speak English」と言ったことに「私」は感じ入るのだ。同様に、「私」も声を失っているがゆえに。その意味で「I can speak」と「啞」の「鷗」はつながる。

「鷗」には「藝術の據りどころ」として青空が写っている水たまりが描出される。

路のまんなかの水たまりを飛び越す。水たまりには秋の青空が寫つて、白い雲がゆるやかに流れてゐる。水たまり、きれいだなあと思ふ。ほつと重荷がおりて笑ひたくなり、この小さい水たまりの在るうちは、私の藝術も據りどころが在る。この水たまりを忘れずに置かう。

この「水たまり」は、「女生徒」（一九三九・四）に描かれる「青い湖のやうな目」「鳥の影まで、はつきりと寫る」などを想起させる表現だ。太宰作品において、鳥はメタフィクションを横断し、媒介する力を有することが多くある。とくにその影は盲点となる。[*10] 写し込む盲点は、網膜が集まっていく神経であり、世界が眼球に写したものを別の世界に映すときの中心となるものだ。[*11]

「鷗」においては、覗き込む「私」が飛びこえるときに「水たまり」を発見した。「私」は「鷗」だ。つまり、先の引用部分は、水にうつる鳥の影の変奏と考えられる。そのうえで、面白いのは、「私」自身が「啞の鷗」として水たまりに写っているであろうということだ。

水たまりは、世界を切り取り、写し出している鏡だ。つまり、「I can speak」の月光と「鷗」の水たまりは、「神の眼」としてあべこべに対応していると考えられる。「創世記」によれば「光あれ」のあとに創造主が口にした言葉は「水の間におおぞらがあって、水と水をわけよ」である。

「鷗」については改めて論じることとし、ここでは「I can speak」の月光と「鷗」の水たまりは、「神の眼」としてあべこべに対応していることを指摘するに留める。

最後にもうひとつ。死者の声について触れておきたい。「季節の縁のないレエン・コオト」をひっかけている男の英語が意味をなすという話の骨子からは、芥川龍之介の「歯車」が想起される。「秋風記」でも、中心人物である「私」とKが乗る列車の音が「トラタタトラタタ」とあって、芥川の小説からの渋い引用が見られた。[*12] 背後に芥川の

「歯車」を見ると、レエン・コオトをきっかけていた男が轢死していた、つまり死者であったことが気に懸かる。「I can speak」において、弟が死者であるとはもちろん考えようもないが、忘れた「歌」を想起させ、「私」がもっとも高い倍音に聖書のロゴスを聞く「酔漢」の英語に、[13] 死の影が見られることが興味深く思われる。[14] それを考える際には、「弟」が口にしていた「出征する」という言葉、戦争の跫を聞かない訳にはいかないだろう。

「鷗」では「とうから死んでゐる」「藝術家」の声、あわれな「童女の歌」、戦争の音が輻輳的に存在する。それはどこかで響きあっている。但し、響きあってはいても別のものだ。別のものとして響いていることが作品に奥行きを与えている。火野葦平の「土と兵隊」にある「青空の写る水たまり」と「鷗」の「青空の寫る水たまり」が形象としては酷似していても、別の倍音を有する別の語であるように。

注

＊1　力丸裕「存在しない音を脳が創り出す仕組み」（『頭脳学のみかた』朝日新聞社、一九九七・八）

＊2　例えば、昭和一四年一〇月に産声をあげた「こをろ」は、その創刊号で一部削除、第三号は発禁、第四号は事前検閲による一部掲載禁止の処分を受けている。「こをろ」の中心人物である矢山哲治は太宰を「唯一の作家であるやうに考へ、」「二十世紀旗手」に「狂喜し、」「自分の愛する者に書物を読ませるということに、深い意味を考へることなく深い意味をもたせすぎてゐた僕は、あのひとにこの書物を与へ」たと書き、「鷗」を読んで少しばかり苦痛であったが、しかし「桃日」を書きあげたことは、太宰を裏切ることの完成であつた」と書く（「手紙」、「こをろ」一九四〇・九）。矢山は作家太宰治に傾倒し、時に批判しながら、「詩とは生き方ではないか」と考え、戦時下において文学を超えて文学を続けることがいかに可能であるか、文学と生活について考え続けた〈詩人〉であるが、その小説「桃日」（一九四〇・七）について、山本哲也は「「歌のわかれ」が隠されていた」と指摘する。（「昭和十年

代の福岡の文学」、『福岡の近代文学』福岡市総合図書館文学・文書課、二〇〇四・三)。太宰治と矢山哲治作品に見られる「歌のわかれ」がどのように共通し、どのような相違があるのかについては、稿を改めて論じたい。

＊3 相馬正一『評伝太宰治』(筑摩書房、一九八五・七)

＊4 今西幹一「太宰治「I can speak」の文芸構造——太宰治の甲府(三)」(「二松学舎大学人文論叢」六九号、二〇〇二・一〇)

＊5 直接的にカギカッコで明示した聖書からの引用は「難解」(一九三五・一〇)が初めの例であるが同じ昭和一〇年一〇月に発表された「ダス・ゲマイネ」では同人雑誌を発刊するクラブ員相互の合言葉として、「一切誓ふな。幸福とは? 審判する勿れ」を掲げており、これらは山上の垂訓を彷彿させる。山上の垂訓は人口に膾炙した「心の貧しい人々は、幸いである」(つまり「幸福とは?」を示す)に始まる。

＊6 田岡彬一「『I can speak』論」(「太宰治研究4」和泉書院、一九九七・七)

＊7 ＊4にも「障子を空けて「目」で確認される「弟」と「姉」との場面は、「無言劇」になる」との指摘がある。

＊8 「きりぎりす」については本書I「《幽かな声》と《震へ》——『きりぎりす』」も参照されたい。

＊9 萬所志保「太宰治『鷗』論——〈私〉の表象としての〈言葉〉」(「国語国文論集」三〇号、二〇〇〇・一)

＊10 太宰文学における鳥や鳥の影の形象については、拙著『虹と水平線』(おうふう、二〇〇九・一二)も参照されたい。

＊11 「鷗」と対をなす作品とされる「一燈」では、芸術家を神からもらった鳥籠を抱えてろうろするものとして描いている。鳥ではなく、鳥籠であるところが味噌だ。また、「その鳥籠を取りあげられたら、彼は舌を噛んで死ぬだろう」と、ここで示される自殺の方法が、言語や発音、話しぶりなどを意味する「舌」を噛むことであることに改めて注意を促す必要はあるまい。そして、鳥籠とはcageつまり、骨組であり、枠組だ。それらはデカルト的な方眼図、

見ることとそれによって生成される世界、象徴形式としての世界を示唆する。

＊12 「秋風記」については、本書Ⅰ「水中のミュートとブレス――太宰治『秋風記』」も参照されたい。また直接的な引用ではないが、「櫻桃」において繰り返される主題《モティーフ》のひとつ「涙の谷」は、芥川作品の「西方の人」においても大事な語である。

＊13 英語は「蟹文字」「蟹行文字」と呼ばれる。太宰初期作品にかさかさ歩く蟹と言葉（文字）とが重ねられている。また「メリークリスマス」など英語が印象的に使用される作品もある。これに関しては稿を改めて論じたい。

＊14 太宰文学に見られる死者の声については本書Ⅳ「天国と地獄の接合点――「道化の華」」や拙稿「フォスフォレッセンス」（『虹と水平線』おうふう、二〇〇九・一二所収）などで個別に論じている。

〈鳥の聲〉と銀貨――「駈込み訴へ」

「駈込み訴へ」（一九四〇・二）は聖書のなかのユダに取材した話だ。「申し上げます。申し上げます。旦那さま。あの人は、酷い。酷い」に始まる。「あの人の美しさを、純粋に愛してゐる」と言いながら、「あの人は嘘つきだ」と非難しつつ、「あの人」を殺して下さいと訴え出る、「私」の語りで展開される。

太宰文学について素養のある読者なら、この形式と内容から「きりぎりす」を想起するだろう。[*1]「きりぎりす」もまた、「おわかれ致します。あなたは、嘘ばかりついてゐました」に始まる、夫である「あなた」に「私」が別れを告げる物語だ。「あなた」を批判しながらも、今もあの頃も「あなた」以外と結婚するつもりはないと言い、また、結婚当時に「あなた」の画から感じ取った「美しい人」がいる筈だと、あの頃も今も信じていると繰り返し言う。[*2]その訣別は、〈神の前で〉の無限の分離における出会い、再会をも意味するのだ。そして、「きりぎりす」は、「私」が「あなた」に訣別する、（芸術をめぐる）à-Dièu の物語と言える。

「きりぎりす」では、「いちど死んで、キリスト様のやうに復活でもしない事には、なほりません」とキリストの復活が示されているのに対し、「駈込み訴へ」は聖書的世界が描かれているにもかかわらず、その語りでは「私は天國を信じない。神も信じない。あの人の復活も信じない。」「私は今の、此の、現世の喜びだけを信じる。次の世の審判など、私は少しも怖れてゐない」と、天国は否定されている。

題名が示すように、本作はユダの一気呵成の一人称語りで構成されており、形式的に見ても、段落は最初の二行で改行されたのちは、もう一か所改行があるのみで、ユダの語りが延々と続く。その語りは、理路整然としたものではなく、論理的に解釈を施せば、破綻が目立つ。森厚子は、本作の語りの構造を詳細に分析し、「あの人を殺さなければならない」という決意に「愛の行為」と「復讐」と相反する命名が冠されていると指摘している。[*3] このように分裂した語りを、磯貝英夫は「両極思考」と呼んだのだろう。[*4] また、作家論に近づけてみれば、あたかもユダが太宰に憑依したかのごとくに、淀みも言い直しもなく口述したものが文章化されたという美知子夫人の回想に接続するのだろう。[*5]

ユダの二重性は、語りの現在では、旦那さまに訴えている今とイエスと共にある今とが混在してしまっている点にも見られる。[*6] これは、二人称の設定、聞き手にぶれがあると言えるだろう。また、「生かして置けねえ」とぞんざいな口調で語るユダと「生かして置いてはなりません」と丁寧に語る二重性も見られる。このような語りから見ても、ユダは二重人格者であるかのようだ。

この点を考えるうえで、冒頭二行のみで構成された一段落は重要である。この段落では全てが繰り返しによって構成されている。「申し上げます」「申し上げます」「酷い」「酷い」との言葉の繰り返しによるはじまりは、はっきりとユダの声の二重性を示している。但し、この二重性は、単にユダの心の揺れを表しているのではない。そのことを考えるために、以下、ユダの声に重なる、ユダとは別の声、〈鳥の聲〉について考えよう。

語りが終焉を迎えるにあたり、ユダは「ああ、小鳥の聲が、うるさい」と語る。多くの先行研究においても本作に響く鳥の声については触れられてきた。渡部芳紀は、「太宰はおのれの中のキリストに別れを告げた。ユダがキリストを愛しつつ彼を敵に売ったように。ユダが訴へに走る夜道で、鳴きさわぐ小鳥の声は、そうしたユダの胸内の良心のさえずりだつたのであろう」[*7] と、鳥居邦朗は「この小鳥の声には、ユダ自身の気づいていない内心の嘆きがあるのではないか、ユダの心のどこかで、キリストを売ることが自分にとってかけがえのないものを失うことになるのだぞという、ユダを引きとめる声がしているのではないか」[*8] と解釈する。この鳥居邦朗の説を受けつつ、山口浩行は、「自己を脅かす現状生活を脱して「私」本来の資性への回復を求めるものであった」小説「きりぎりす」中の「きりぎりす」の声と同質のものである」と踏まえて、「魂の奥底から揺さぶる内なる呼び声は安逸を破り緊張状態を呼び込むもの」で、「夢想家ユダの死を弔うレクイエムともなっていく」とする。[*9] 野口尚史は、「ユダの、とうとう「あの人」を「私のもの」とは出来ず、また同じような人物にもなれなかった諦めの嘆息であり、対立せず、訴えでない道を選ぶことも出来たのに、それでもやはり妥協出来ず、訴え出ずにはいられず、解け合うことも出来ないのに完全に離れることも出来ないという、このどうしようもない二人の「宿命」が、ユダの内耳に響き渡らせた悲鳴である。それは「痴」になれない、「あの人」の崇拝者になり切れない彼の自意識そのもの」と言う。[*10] 陸根和は、「これはわれわれにとって失ってはならない偉大なものが消えていくのではないかという不安に満ちた不吉な心のざわめき」「ユダを引き留める役割を果たそうとする声」とし、「ユダの心が最後の最後まで穏やかでなく、ざわめき続けていたこと、さらにその後に起こるであろう重大事を読者に暗示的に伝える不気味な効果をもった表現であることは確かであろう」と言う。[*11] 洪明嬉は、「イエスの捉まえ難さゆえ戸惑っているユダの心奥の不安がよりリアリテイをもって占められている描写として」小鳥の声があげられるとして、「美しく、畏れの対象であるイエスを打とうとすることが、自分でも間違っているのを知っているにも関わらず、実行しようとするエゴイズムにとらわれた自分に対した罪意識からのものであり、またそのような自分に対し、違和感を感じさせ、否定していこうとするものである」とする。[*12]

　山口浩行の論攷は、「小鳥の聲」に注目した示唆に富むもので、「小鳥の聲」をユダの死を弔うレクイエムとする比喩も美しい。ただ、ピイチクピイチク騒ぎまわっている鳥の声が、もともと「安息を」を意味するレクイエムとしてはそぐわない感は否めない気がする。これらの先行研究は、切り口、投射の仕方こそ違えども、「彼の自意識そのもの」「内なる呼び声」「内心の嘆き」「本来の資性」「ユダの心」と、すべてがユダの中の〈たとえ無意識であったとしても、ユダの内面の）声として捉えられている。もしも、ユダの内面の声であるとするならば、また、見方を変えて、「その後に起こるであろう重大事を読者に暗示的に伝える不気味な効果をもった表現」であるとするなら、――「右大臣實朝」に書きこまれる鳩の騒ぎを想起するが――「私がここへ駈け込む途中の森でも」ピイチク啼いていたにも関わらず、何故、訴え始めから示されないのか、何故声に言及するのが結末近くのあのタイミングなのか、「罪意識」や「良心」「警告」とするならば、何故最後に「声」がしなくなるのか、そもそも何故鳥の形をしているのかが説明できず、腑に落ちない。

〈鳥の聲〉についてはもうひとつ注意を喚起しておくべき事象がある。もう一度、結末の〈鳥の聲〉が出現する場面を確認しておこう。

ああ、小鳥の聲が、うるさい。耳についてうるさい。どうして、こんなに小鳥が騒ぎまはつてゐるのだらう。ピイチクピイチク、何を騒いでゐるのでせう。おや、そのお金は？　私に下さるのですか、あの、私に、三十銀。なる程、はははは。（傍線引用者）

〈鳥の聲〉が言及され、その直後に銀貨が示される。

本文においても「私がここへ駈け込む途中の森でも、小鳥がピイチク啼いて居りました」（傍点引用者）と端的に示されているように（傍点部分が本文中に見られる唯一の題名を直接示す語であることにも注意したい。）作中でユダの声と並行して〈鳥の聲〉はずっと訴え続けていたはずだ。小説の冒頭ではそれを直接的に示す（「鳥の声がする」という）言葉はないが、「申し上げます」「申し上げます」「酷い」「酷い」と繰り返される声の二重性がそれを表現している。

「あの人」の居場所を告げ終わったとき、ユダは自分の内面を語っていた声とは別の、彼には理解不能の〈うるさい〉声を意識する。しかし同時に、「何を騒いでゐるのでせう。おや、そのお金は?」と、〈鳥の聲〉と入れ替わるかのように、銀貨が提示され、ユダの意識はそちらに向く。そして、

はい、旦那さま。私は嘘ばかり申し上げました。私は、金が欲しさにあの人について歩いてゐたのです。おお、それにちがひ無い。あの人が、ちつとも私に儲けさせてくれないと今夜見極めがついたから、そこは商人、素速く寝返りを打つたのだ。金。世の中は金だけだ。銀三十、なんと素晴らしい。いただきませう。私は、けちな商人です。欲しくてならぬ。はい、有難う存じます。はい、はい。申しおくれました。私の名は、商人のユダ。へつへ。イスカリオテのユダ。

と、彼は名乗りをする。この時のユダの語りにブレはない。二重性はなくなり、ここにおいて分裂していた声はしっかりとひとつに結ばれる。銀貨を受け取ったことにより、「銀貨」に〈鳥の聲〉が吸収されたかのように、ユダの語りの声の二重性はきれいに消失し、ひとつに重なる。この点が心底、恐ろしい。

木村小夜は「「誰にも理解されなくてもいい」交換不能な「愛」を語ったはずの言葉と引き換えに、万人に流通する「金」を受け取るに到るという事態は、ユダの言葉が最終的におかれた場を的確に示すものであった」と指摘し、*13 また平浩一は「資本主義作家の復讐」などで文芸復興期の文芸について資本主義とジャーナリズムの関係から太宰作品に言及している。*14 銀三十が貨幣である以上、資本主義からのアプローチの道ももちろん拓けているだろう。聖書においても、「使徒言行録」(一章一八〜一九節)では「彼は不義の配酬で、ある地所を手に入れたが、そこへまっさかさまに落ちて、腹のまん中から引き裂け、はらわたがみな流れてしまった」とされる。本稿に即していうならば、

図1：ロレンツェッティのフレスコ画
（聖フランチェスコの大聖堂）

銀三十によって「愛と憎」（愛している、殺してやる）とか、そういう結局は同一コインの表が裏になるような――愛が憎しみに変わったというような――反転ではない。内側が外側になるような、ユダの体の内側が外側にひっくりかえり、はらわたが全部飛び出すくらいの反転がなされた――造形・絵画表象でも、その後、縊死をして果てるユダは、内臓がはみ出した姿で描かれる。（図1）――ということであり、換言すれば、――銀三十によって生成された磁場は、ユダの内面の思いや揺らぎを示すのではなく、それらすべてを吸いこんでしまうくらい、強烈であるということだ。だから、先取りしていうならば「私の名は、商人のユダ」。「イスカリオテのユダ」と名乗る人物は、愛情に揺れる内面の主体とは別の主体となっている。もしも揺れ動いている内面を語るユダが小文字表記であるとするならば、名乗りをするユダは大文字で書かれている。

佐藤泰正は「恐らくイエスそのひとはユダの饒舌の向うに殆ど手つかずに無垢なる彼岸のごとく存在する」とする。[*15] そのことにつき、奥野政元は、「鳥の声は実際に何を意味しているのであろうか。それはおそらくユダの語りを、逆の意味で明らかにするものであって、そのユダの語りの内実を逆転させる意味内容を含むものであったのではないか。ユダの見たイエス像は、ユダの見た通りのイエスであったが、そのことは逆にユダの見たものとは全く逆のものに転化するイエスでもあったことを明らかにするのだと考えられる」とする。[*16] 実際、「私」（ユダ）にとって鳥は理解不能な存在であり、その姿を「私」は見ることが出来ない。他の太宰作品に視野を広げてみても、「女の決闘」「フォスフォレッセンス」など、語りの空間の（二項対立の）外側（別の次元）を示す存在として、〈鳥の影〉がよぎる例を挙げることができる。[*17] この〈鳥〉もまたそのひとつと数えられよう。その際、鳥は、窓ガラスに、あるいは湖水に写る影として示される。ユダがなぜその姿を透かし視ることができなかったのかと言えば、マリヤのもつ、鳥を写す「湖水のやうに深く澄んだ大きい眼」をもっていなかったからであろう。

「私」は最後に銀三十によってイスカリオテのユダという主体を屹立させたとも言い得るわけだが、ナルドの香油の逸話では娼婦でもある、「駈込み訴へ」の本文に限れば、人間的な愛を抱かせるマリヤが救われる可能性のある存在であるのに対し、ユダは「祝福」されず、死なねばならなかった、その理由を考えるときに、香油を三百デナリ（銀三十の予型）と引き換えるか否かという貨幣の問題も浮かびあがることは想起してよいだろう。

議論を戻すと、〈鳥〉はイエスに繋がる存在であるとも言い得るだろう。ユダがなした「パラドゥーナイ」が「裏切る」ではなく、「引き渡す」という語義であることからユダについて注目すべき論を展開したカール・バルトを始め、[*18]『ユダ福音書』の再発見とその解説[*19]などとも関わる聖書学的な含味もあるので、ここでこれ以上深くは論議に踏み込むことはしない。ただ、本稿では〈鳥の聲〉がユダに内在する〈愛〉か〈憎〉で揺れ動く内面の声とは別の声であり、それに代わるように出現した銀貨は、ユダの内臓をぶちまけてしまうほどの磁場を生成することを押えておきたいと思う。

「旦那さま」が求めているのは、イエスの居所であって、ユダの気持ちではない。それなのにユダは自分の話をしている。作品内のこのような事態について高塚雅は、「ユダは「あの人」を売る密告者というよりも、「あの人」に対しての恨み言を旦那さまに言い募っている人物だ。「あの人の居所を知つてゐます、すぐにご案内申し上げます」とは言うものの、それから次々と、旦那さまにとってはどうでもいい、「あの人」に対する割り切れない感情を、自身の仮想を織り交ぜながら尽きることなく語っていく」と指摘し、「旦那さまがユダの愚痴を無言で聞いているのはやはり不自然なのである」として、「このテクストは、ユダの意識の内部でシミュレートされた訴え（思考）を文字化したもので、テクスト上でのことは、実演されていない架空の出来事となる。このように捉え直すことで、ユダの〈多声〉の説明がつく」とし、「旦那さまは存在せず、ユダ自身の内なる対話で、「あの人」を売るに至った経緯を、時には旦那さまに訴えるように、時には「あの人」を罵りながら、自問自答しつつ、その思考を辿る」という大胆な解釈をして見せる。[*20]独創的で魅力的な解釈だが、もともと仮構である小説の枠組み自体の仮構性を暴露するのは、小説の読みとしては禁じ手ではないか。「旦那さま」が存在せず、ユダは訴えてはいないという小説の枠組み自体を否定する仮説には賛成しかねるが、しかし、ユダの語りが、「旦那さま」に向けられたものではなく、「私」自身のなかで生起し、進められたものという点には賛同する。

作品に展開する「私」の語りがイエスを売る内容にそぐわず、「私」の揺れ動く内面を表したものであること、その語りとは別に、〈鳥の聲〉がずっとしていたこと、小説の題名が「駈込み訴へ」であること、最後にイエスをユダが売る話であったことが明らかとなり、イスカリオテのユダと名乗ること、そのイスカリオテのユダと名乗った主体は、内面を縷々語っていた「私」とは別の主体であることを念頭に置いて、〈鳥の聲〉の正体について考えてみたい。

本作が福音書の中でも特に「ヨハネ福音書」に拠って書かれていることは、先行研究によって明らかである。[*21]そして、本文には、「一つまみのパンをとり腕をのばし、あやまたず私の口にひたと押し當てました」という「ヨハネ福音書」（一三章二七節）に基づいた場面がある。それは後にも、「犬か猫に與へるやうに、一つまみのパン屑を私の口に押し入れて、それがあいつのせめてもの腹いせだつたのか。ははん。ばかな奴だ」と繰り返される。「ヨハネ福音書」ではその直後に、「ユダ一撮《つまみ》の食物《くひもの》を受くるや、悪魔かれに入りたり。イエス彼に言ひたまふ『なんぢが為すことを速やかに為せ』」と続く。最後の晩餐で聖体拝受をなしたパンをユダの口に押しあてた時、悪魔がユダの中に

図2：シュツゥトゥガルト詩篇の写本挿絵（サン・ジャルマン・ドゥ・プレ聖堂）

図3：シュツゥトゥガルト詩篇の写本挿絵（サン・ジャルマン・ドゥ・プレ聖堂）

入ったのだ（もしも、水によって、洗足によって、火を消すことができたなら、あるいは別の形に昇華しえたなら、結果が違っていたかもしれない。その鳥の姿は聖霊の鳩と成りえたかもしれない。もしくはせめて「二十世紀旗手」のように、ペテロの否認の後に続いた鶏の声に。しかし、ユダには悪魔が入りこんだ）。かくして、ユダの声は肉体的な声（肉声）と内面的な声（内面の心情を語る語り）とに分裂してしまった。聖体拝受で使用されたパンは別の意味で受肉化し、ユダの肉声は悪魔に奪われている。冒頭で示された声の二重性とは、ユダの内面でのブレではなく、ユダの声と〈鳥の聲〉の二重性、つまりはユダの内面の声と悪魔に乗っとられたユダの肉声——いわば悪魔の声——の二重性ではないのか。ユダと共に鳥が描かれるとき、鳥は悪魔を表現する。[*22]

例えば、図2、3で示したシュツゥトゥガルト詩篇の写本の挿絵に見られるのみならず、ドナウ川源流の町ドナウシンゲンの受難劇には「汝の為すべきことを為せ」と言われたユダの口に鳥を入れ、悪魔が入ったことを示す演出もある。

「駈込み訴へ」本文中にも、ユダが悪魔に入りこまれたことを仄めかす表現がある。

あの人には見込みがない。凡夫だ。ただの人だ。死んだつて惜しくはない。さう思つたら私は、ふいと恐ろしいことを考へるやうになりました。悪魔に魅こまれたのかも知れませぬ。

ユダが「悪魔に魅こまれた」のは、マリヤが香油をイエスに捧げた事件に端を発する。このことについて奥野政元は、「イエスの「うろたえ」にユダが見たものは、この意味で卑俗さでもあると言えよう。それは言葉をかえて言えば、「人間らしい」と表現してもよい感情でもあるが、ユダも言うように、それは同時に「だらしない」「凡夫」「ただの人」を意味するのでもあって、ユダはまさにここでつまづくのである」と言う。更に、キリスト教福音の本質は、神の子イエスが人の子となることによって人間を救うというものだとしたうえで、「イエスはこの世にあって神の子と人の子に引き裂かれているのだと言えよう。ユダは、そのようなイエスの人の子としての存在にかかわり、どこまでも人の子として愛していくことによって、イエスの以上の引き裂かれた現実を明らかにしていった」と述べる。そして、「悪魔に魅こまれたのは、」「イエスの表情に人間的感情の漂うのを見逃さなかったところに起因する」。「ユダはイエスを売ったから悪魔に手を貸したわけではない。むしろどこまでも人間として愛したから悪魔に魅いられたのだと太宰は言うのであろう」と指摘する。更に興味深いことに、太宰作品「誰」（一九四一・一二）でサタンの名前を様々に挙げた箇所で、「サタン」を「訴ふる者」と捉えていることも紹介している。[*23]悪魔は訴える者なのだ。

また、玉置邦雄は「限りなく純粋な愛と憎しみとに引き裂かれるユダが、キリストを「人の子」として理解していること、それが人間ユダの救いがたい罪なのである」と指摘する。[*24]ユダがイエスを人の子として愛する、その強い思いゆえに、悪魔に入りこまれたのだ。ユダが愛憎に揺れる、その矛盾ゆえに、ブレゆえに、そのギャップを利用して、悪魔は入り込んでいると考えられるだろう。

もうひとつ、作家論的な見地から、人の子としてイエスを愛したがゆえに悪魔に魅こまれた説を補強してみよう。太宰治は芥川龍之介芥川龍之介とノートの隅に書きこむだけではなく、芥川の小説から実に巧妙にその語句を掴み、自身の小説空間の構築に利用する。テクスト論的に言えば、「秋風記」と芥川の「お時儀」では、「トラタタ、トラタタ」が、「老ハイデルベルヒ」（一九四〇・三）と「老狂人」（未定稿）では、「無花果の樹陰」が、実に美しい響きあいを見せている。このような太宰が聖書のユダの話に取材をして小説を構想した時に、芥川の「西方の人」が頭にあったであろうことは想像に難くないが[*25]、「西方の人」で「悪魔について」以下のように描かれている。

クリストは四十日の斷食をした後、目のあたりに悪魔と問答した。（中略）クリストは第一にパンを斥けた。が、「パンのみでは生きられない」と云ふ註釋を施すのを忘れなかつた。それから彼自身の力を恃めと云ふ悪魔の理想主義者的忠告を斥けた。しかし又「主たる汝の神を試みてはならぬ」と云ふ辯證法を用意してゐた。最後に「世界の國々とその栄華と」を斥けた。それはパンを斥けたのと或は同じことのやうに見えるであらう。しかしパンを斥けたのは現實的欲望を斥けたのに過ぎない。クリストはこの第三の答の中に我々自身の中に絶えることのない、あらゆる地上の夢を斥けたのである。（中略）悪魔は畢にクリストの前に頭を垂れるより外はなかつた。けれども彼のマリアと云ふ女人の子供であることは忘れなかつた。この悪魔との問答はいつか重大な意味を與へられてゐる。が、クリストの一生では必しも大事件と云ふことは出來ない。（傍線引用者）

「駈込み訴へ」の挿話に、聖書には直接的には描かれていない、イエスとユダが唯一度だけ「しんみりお話できた」という場面がある。それは春の海辺でイエスとユダが言葉を交わしたという出来事だ。その会話においてユダはイエスに「お母のマリヤ様と、私と、それだけで靜かな一生を、永く暮して行く」「地上の夢」を提案している。

ここに唐突にお母のマリヤ様が持ち出されることに注目するならば、悪魔が「彼のマリアと云ふ女人の子供であることは忘れなかつた」ことと照応するかのようだ。蛇足ではあるが、夜啼く鳥、夜啼き鳥、すなわちナイチンゲールは、密告する者、裏切り者の意味も有することを申し加えておこう。

「悪魔に魅こまれた」ユダの肉声は、イエスの場所を密告する。「駈込み訴へ」る。しかし、ユダ本人は、自分の肉声を理解できない。一方、ユダの内部での揺らぎは語りによって表現されている。この時、イエスを訴える自分の肉声を理解できないのは、「私」に良心があるからだとも解せる。「良心」があるからこそ、〈鳥の聲〉は理解不能な騒がしいものとして浮かびあがるのであり、寧ろ、何がしかの良心は、揺れ動いているユダの語りにこそ見出せると言えるだろう。空間に歪みが生じ、〈鳥〉の正体を「私」は見ることが出来ない。自分自身が肉体でもって語っている言葉の内容を、引き伸ばされた絵を斜めから見ているかのように理解できない（それが〈鳥の聲〉がノイズとなって表れている事態なのだ）。だが、「銀三十」の重みをもち、歪んだ絵を正面から（消失点をもって）見ることができるようになる。つまり、「私」は自分の肉声を理解し、「イスカリオテのユダ」という主体を立てあげる。そして、悪魔にのっとられた肉声と揺れ動く内面の語りとは完全に一致する。この主体ののっとられ方が恐ろしい。

結末は、「イスカリオテのユダ」という主体が立ち上がり、初めて名乗りをあげる瞬間を見事にとらえている。話の筋では――聖書的に言えば――〈救われない〉ものが構造的に〈救われる〉作品群がある――「櫻桃」でも、「きりぎりす」でも、「ヴィヨンの妻」でも――なか、「駈込み訴へ」でユダは構造的にも〈救われる〉ことはない。醜い姿のこおろぎは美しいきりぎりすに転移することはないし、それを「私」が背骨の中に響かせることもない。他の作品では聖なる存在につながっていた形式が、本作ではお道化けきれない、喜劇化できない暗黒を探りあててしまっている。その意味でも、本作は恐ろしく呪われた作品に思われてならない。

この悪魔にのっとられた声からは、「人の子」イエスにさえ及ばない力を感じる。それ故にイエスは磔刑において

「エリ・エリ・レマ・サバクタニ」と呟いたのかもしれない。[*26]

太宰は「難解」(一九三五・一〇)に「太初に言あり。言は神と偕にあり」と続く聖書の一節を引用する。[*27]これが太宰作品における最初の聖書からの(直接的にカギカッコによって明示される)引用であり、佐藤泰正も指摘するように、[*28]ここでは、言葉が、文学が「ある根源的な場から問われている」。自然、信仰、文学の根源的な場――本稿で使用した言葉で言うならば、語りそのものを吸いこんでしまう磁場――について、これから論を進めて考えていかなくてはならない。そして、その折には、光の、振動の、つまりは、〈音〉を軽視してはならないことは言いすぎても言いすぎることはないだろう。

太宰は「音について」という随筆を以下のように書き始める。「文学を讀みながら、そこに表現されてある音響が、いつまでも耳にこびりついて、離れないことがあるだろう」と。そして、以下のように閉じる。「聖書や源氏物語には音はない。全くのサイレントである」と。聖書の世界についてのみ言うならば、無音なはずがない。そこでは、雷がサウロを撃ち、ペテロは鶏の声に涙する。つまり、逆説的にいえば、〈効果的な適用〉とは異なる、様々な音を含有するサイレントを太宰は意識していたと言えるのではないだろうか。

注

＊1 山口浩行は「美を防衛する愛の在り方、このような愛は、後に「きりぎりす」(昭15・11)でも描かれた」と、「駈込み訴へ」と「きりぎりす」の共通点を指摘する。(「「駈込み訴へ」試論」――「小鳥の声」の獲得――」「稿本近代文学」一六号、一九九一・一二)。

＊2 「きりぎりす」の読みについては、本書Ⅰ「《幽かな声》と《震へ》――「きりぎりす」」も参照のこと。

＊3 「太宰治『駈込み訴へ』について――語りの構造に関する試論――」(「解釈」一九七九・二)

＊4　「饒舌――両極思考「駈込み訴へ」を視座として」（「国文学」二四巻九号、一九七九・七）
＊5　『回想の太宰治』（人文書院、一九七八・五）
＊6　森厚子は前掲論文で、「回想の中の独白は、それを語る時間の進行と語の内に隠れる時制の可変性によって、現在のユダと回想の中のユダとを重ねあわせるのである」と指摘している。
＊7　「『駈込み訴へ』論」（『作品論太宰治』双文社出版、一九七六・九）
＊8　「『駈込み訴へ』――精神家の死」（『太宰治論』雁書館、一九八二・九）
＊9　＊1に同じ。
＊10　「太宰治『駈込み訴へ』小論」（「緑岡詞林」二五号、二〇〇一・三）
＊11　「『駈込み訴へ』論」（「実践国文学」四七号、一九九五・三）
＊12　「太宰治『駈込み訴へ』論――イエスを畏れるユダ像を中心に――」（「日本文芸研究」五三巻一号、二〇〇一・六）
＊13　「「駈込み訴へ」を読む――山岸外史「人間キリスト記」との接点から」（「iichiko」一〇八号、二〇一〇・一〇）
＊14　「市場の芸術家の復讐――太宰治「道化の華」論」（「文藝と批評」九巻二号、二〇〇〇・一一）など。本作でも、「趣味家」「復讐」などの語彙が「商人」と共に用いられいる。このことを考えるうえでも示唆深い論攷である。
＊15　「「駈込み訴へ」と「西方の人」――イエス像の転移をめぐって」（「国文学解釈と鑑賞」四八巻九号、一九八三・六）
＊16　「「駈込み訴へ」ノート」（「活水日文」二五号、一九九二・九）
＊17　たとえば、「フォスフォレッセンス」においては〈夢〉と〈現実〉の対立が見られ、その対立とは別の世界があることが〈鳥〉によって示される。「フォスフォレセンス」については、拙稿『虹と水平線』（おうふう、二〇〇九・

一二）も参照のこと。

＊18　『イスカリオテのユダ』（吉永正義訳、新教出版社、一九九七・二）

＊19　エレーヌ・ペイゲルス「『ユダ福音書』の謎を解く」（河出書房新社、二〇一三・一〇）など複数の書籍が出版されている。

＊20　『太宰治〈語りの場〉という装置』（双文社出版、二〇一一・一一）

＊21　三谷憲正『太宰文学の研究』（東京堂出版、一九九八・五）

＊22　荒井献『ユダとは誰か――原始キリスト教と『ユダの福音書』の中のユダ』（岩波書店、二〇〇七・五）には多くのことを教えられた。本稿のユダに関する図像は、この本に所収の石原綱成による図像解説に依拠する。例えば、ユダと悪魔について、「ユダの口に悪魔が入る作例が見られるのは、シュツゥトゥガルト詩篇挿絵からである。ヨハネ福音書一三章26――27節の「パン切れを浸した後［取って］」、イスカリオテのシモンの子ユダに与える。パン切れ［を受け取って］後、その時、サタンがこの人の中に入った」という一節が、はっきりと表現されている。（中略）イエスはパン切れをユダの口に運ぶと同時に黒い鳥（悪魔）がユダの口の中に入っている。ユダは体を「く」の字に曲げ、つまさき立ちをしている。また、左足を上げて、指先をイエスの反対側に曲げている。これは、ヨハネ福音書一三章30節の「さてこの人はパン切れを受け取ると、ただちに出て行った」の箇所を表現したもので、パン切れを受け取るやいなや、ユダがあわててイエスのもとから立ち去ろうとしている姿をよく表している。（中略）鳥の形をした悪魔がユダの口の中に入っている作例は、ヴィスシャルドの戴冠典礼写本にも見られる。ハンイリヒ三世の黄金の福音書と同様に、イエスは長いテーブルの中央に座り、テーブルの上には二尾の魚が置かれている。弟子たちは手のひらをこちらに向け、驚きを表している。（中略）上段のユダは他の十一人が長い衣も着ているのに対して、一人だけ細い袖のローマ風の服を着ている。同様の服装をした人物は、下段の洗足の場面には見あたらないの

で、ユダが意図的に除外されている可能性もある。もちろん、洗足はユダも受けているのであって、聖書の文脈からするとこれは不自然である。しかし、洗足の時には悪魔はすでに、イスカリオテのシモンの子ユダの心にイエスを引き渡す考えを吹き込んでいたので、ユダは洗足の場面からもあらかじめ除外されたのかもしれない」と説明している。

＊23 「「駈込み訴へ」ノート」（「活水日文」二五号、一九九二・九）。また例えば、日本聖書協会が発行する一九八七、一九八八年版『聖書　新共同訳』の付録「用語解説」において「サタン」は「悪魔と同じ意味。元の意味は「中傷する者」「訴える者」」とある。

＊24 「「駈込み訴へ」の意義」（「日本文芸学」九号、一九七四・一〇）。

＊25 「西方の人」と「駈込み訴へ」との関わりについて論じた先行研究には、佐藤泰正の「「駈込み訴へ」と「西方の人」――イエス像の転移をめぐって」（＊15に同じ）がある。

＊26 奥野政元は前掲論文で、「イエスが人の子となるというのは、神から見放されること、即ち神から拒絶され、捨ておかれることでもあって、そういう瞬間こそが、神を拒絶するユダにとっては、イエスが最も身近に感じられる瞬間でもなければならない」。「神の子が人の子になると言う現実的にそのような矛盾とパラドックスに満ちた出来事でもあったのである。人の子として惨めさと悲惨さがよりあらわになればなるほど、神の子としての栄光もより確かになるのである」とする。太宰の書く磔刑図の描写には、「十字架のキリスト、天を仰いでゐなかつた。たしかに。地に満つ人の子のむれを、うらめしさうに、見おろしてゐた。」（「HUMAN LOST」（一九三七・四）がある。一方で、「人の子」とは、逆説的に「神の子」であることも示す。「神の子」であるにもかかわらず、「人の子」として存在しているために、「人の子」と呼ばれるのであり、この場合は「神の子である」を含有するからだ。ちなみに、芥川龍之介は「西方の人」の中でユダについて「後代はクリストを「神の子」にした。それは同時にユダ自身の中

に悪魔を發見することになつたのである。しかしユダはクリストを賣った後、白楊の木に縊死してしまった。彼のクリストの弟子だつたことは――神の聲を聞いたものだつたことは或はそこにも見られるかも知れない」と書いている。

＊27 「太初に言あり。言は神と偕にあり。（中略）この生命は人の光なりき。光はくろき暗黒に照る」云々とある、光と音、そして小説については、本書Ⅱ「小説に倍音はいかに響くか、言葉はいかに生成するか――「I can apeak」でも論じた。

＊28 「ユダにしてキリスト、あるいはバプテスマのヨハネ――太宰治と聖書」（「ユリイカ」三〇巻八号、一九九八・六）

III

瞳が構成するもの

〈象徴形式〉としての能舞台――「薄明」

1　はじめに

太宰治は「私」によって統覚される言述を小説空間と重ねて体現させる文学的な実験を行った作家であった。初期作品においては、小説空間＝「私」を解体し、小説を作りあげている言葉がその解体によって生じた闇へと落ちていくさまを描くことで（「二十世紀旗手」一九三七・一）、あるいは、四歳三歳二歳と記憶を遡ることを目指しながらも未完に終わり、語りの臨界点を示すことで（「玩具」一九三五・七）、「私」の始源を炙りだそうと試みた。しかし、時を経るにつれて、「物語《ロマンス》」の枠組みを利用するようになり、初期作品における語りの臨界点は別の可能性を示すようになる。本章では、いわゆる後期の作品「薄明」を読み解き、「雪の夜の話」を参照しながら、小説空間＝「私」という言語空間での文学実験が、後期太宰文学においてどのような成果を収めたかを検討してみたい。

2　「明るい」戦禍の顛末

「薄明」は雑誌に未発表のまま、創作集『薄明』（新紀元社、一九四七・一一）に「雪の夜の話」とともに収められた。本作は、疎開する戦時下の太宰治を論じる際に、その状況が描かれている作品のひとつとして取り上げられることはあっても、単体で論じる論考は管窺によれば殆どない。

昭和二〇年四月上旬のこと。「私」は妻子をつれて、妻の実家である甲府へ疎開した。義弟は出征していて、実家は義妹が守っている。傷痍弾が落ちたときのために食料や生活必需品を埋めて置くことにした。その後、家は全燃した。その日の一〇日くらい前から子どもは結膜炎にかかっていた。「失明」状態だったが、全燃後、子どもの眼はようやく恢復に至る。そこで早速、「私」は家の焼け跡を見せに連れて行く。作品は以下の場面で結ばれる。

「ね、お家が焼けちやつたらう?」
「ああ、焼けたね。」と子供は微笑してゐる。
「兎さんも、お靴も、小田桐さんのところも、茅野さんのところも、みんな焼けちやつたんだよ。」
「ああ、みんな焼けちやつたね。」と言つて、やはり微笑してゐる。

この結末の微笑もあってか、数少ない先行研究をひもといてみると、本作は明るく、ポジティヴな作品と評価されている。原仁司は、「作為を好むこの作者にしては比較的けれん味の」少ない結末で、「非常にポジティヴな、そして清新な印象を読む者に与える」とし、[*1]服部康喜も、一種の「忍従」に似た色彩を滲ませていると留保つきながら、やはり、結末に「不思議な〈明るさ〉の由来がある」と指摘して、本作を「太宰戦後の〈明るさ〉のいわば初発」と評価する。[*2]この「明るさ」は何に由来するのか。以下、語りの機構を分析して、明らかにしよう。

内容について言えば、本作では戦禍が語られている。その内容に添って描こうと思えばもっと陰惨にも描けたはずだ。それなのに、本作の語りは淡々としており、死骸ひとつも描写されることはない。それどころか、

妹は暗闇の中で、クスクス笑つた。そんなにおつしやつてもと、いふやうな氣持らしい。さうして、すぐま

た他の事に就いて妻とひそひそ相談をはじめる。

「それぢやまあ勝手にするさ。」と私も笑ひながら言ひ、「どうも、おれは信用が無いので困る。」


とあるように、淡々と、時に疎開先での「私」の「無能ぶり」がコミカルにさえ語られている。「たのみにならぬ男なのだから」「さつぱりだめ」「まつたく無能無策」と、疎開先での「私」の「無能」ぶりと、疎開先である妻の実家の財産をめぐる思惑についての思慮などに、多くの紙面が割かれる。しかし、そのような文章のなかに、埋葬される「赤い下駄」、「糜爛《びらん》」した「死魚の眼」、暗闇で無心に歌う「失明」した女の子など、鮮烈なイメージが埋め込まれる。このような鮮烈なイメージが、淡々とした語りに差し込まれるのは何故か。そこからは、戦禍を描いた「明るい」と評される物語とは別の、もうひとつの物語を掘り起こせるのではないか。

3　並走するふたつの筋

このことを考える上での鍵《ヒント》となるのが、時間の問題である。本作は基本的に時系列で語られている。しかし、一箇所、時間が錯綜する。


「これも埋めて下さい。」

と五つの女の子が、自分の赤い下駄を持つて來た。

「ああ、よし、よし。」と言つて、それを受取つて穴の片隅にねぢ込みながら、ふと誰かを埋葬してゐるやうな氣がした。（中略）

それは、義妹にとつて、謂はば滅亡前後の、あの不思議な幽かな幸福感であつたかも知れない。それから、四、五日も經たぬうちに、家が全燒した。私の豫感よりも一箇月早く襲來した。

その十日ほど前から、子供が二人そろつて眼を惡くして醫者にかよつてゐた。流行性結膜炎である。下の男の子はそれほどでも無かつたが、上の女の子は日ましにひどくなるばかりで、その襲來の二、三日前から完全な失明狀態にはひつた。

作品中には並走するふたつの筋があるのだ。そのことは、「その十日ほど前から」とわざわざ時間を戻してみせることで示される。ひとつは、叙上の疎開先の実家が空襲に見舞われ、焼け出される顚末。もうひとつは、引用箇所で時間を戻して語られる、結膜炎にかかった少女の病状の顚末だ。

赤い下駄の埋葬の場面でもって、物語はふたつに分かれる。——作品内で結膜炎にかかった少女が話す台詞は、最後の「ああ、焼けたね」「ああ、みんな焼けちゃったね」と、この場面の「これも埋めて下さい」だけだ。——語り手はその時「ふと誰かを埋葬してゐるやうな氣がした」という。ここに宗教感さえ漂う非日常的な位相が垣間見られる。「私」は義弟に代わって家におり、うしろめたさを感じている。この埋葬の場面は、犠牲者が全く描かれない本作において、戦争にまつわる死者の魂を呼び寄せるきっかけとなる言葉とも考えられるかも知れない。

別の醫者にも診察してもらつたが、やはり結膜炎といふ事で、全快までには相當永くかかるが、絕望では無いと言ふ。しかし、醫者の見そこなひは、よくある事だ。いや、見そこなひのはうが多い。醫者の言ふ事はあまり信用しない性質である。

早く眼が見えるやうになるといい。私は酒を飲んでも醉へなかつた。外で飲んで、家へ歸る途中で吐いた事もある。さうして、路傍で、冗談でなく合掌した。家へ歸つたら、あの子の眼が、あいてゐますやうにと祈つた。家へ歸ると子供の無心の歌聲が聞える。ああ、よかつた、眼があいたかと部屋に飛び込んでみると、子供は薄暗い部屋のまんなかにしよんぼり立つてゐて、うつむいて歌を歌つてゐる。

とても見て居られなかつた。私はそのまま、また外へ出る。何もかも私ひとりの責任のやうな氣がしてならない。私が貧乏の酒くらひだから、子供もめくらになつたのだ。これまで、ちやんとした良市民の生活をしてゐたなら、こんな不幸も起らずにすんだのかも知れない。親の因果が子に報い、といふやつだ。罰だ。


戦禍について必要以上にコミカルに淡々と語るのに対して、少女の眼の病については、一貫して医者が完治を保証するにもかかわらず「失明」という語を何度も繰り返し、またそのような状態になったのは自分のせいだと彼の罪を投影し、必要以上に悲劇的な口調で語っている。

この並走するふたつの筋の両方において、重要となる出来事が実家の全焼である。実家から焼け出された顛末を語る前者ではもちろんのこと、後者の結膜炎を患う少女の話においても意味をなす。

4 〈焼き尽される〉捧げもの《サクリファイズ》

それは、義妹にとつて、謂はば滅亡前夜の、あの不思議な幽かな幸福感であつたかも知れない。それから四、五日も經たぬうちに、家が全焼した。

ここで一度「全焼」について触れられるにもかかわらず、その事実を確認するかのように、作中において「屋敷は全滅してゐる」「お家が焼けちやつた」「みんな焼けちやつたんだよ」とその後も何度も繰り返し家が焼けたことが語られる。それによって強調されるのは、〈焼けてしまった〉というよりも、〈焼け尽くされた〉全焼の様である。この語りによって〈全焼〉には聖書的な意味が付与されるのではないか。なぜなら、もともとサクリファイズとは「燃やして捧げること（burnt offering）」の意[3]であり、「〈旧約聖書〉において」「最も重要な種類は燔祭（全焼の犠牲［犠牲全体を焼き尽くすもの］である）」からだ[4]

このことを押さえたうえで、少女の結膜炎の顛末と全焼について、以下、考えていきたい。

「私」は家を焼け出される際に、義弟の懐中時計をポケットにねじ込む。ところが、その時計さえも、修繕不可能なまでにバラバラに砕け散ってしまう。その壊れ散る音を、結膜炎にかかって「失明」状態にある少女が耳にする。

> 私は笑ひながら、ズボンのポケットから懐中時計を出して、
> 「これが残つた。机の上にあつたから、家を出る時にポケットにねぢ込んで走つたのだ。」（中略）
> 子供（引用者注、「失明」状態にある少女）は時計を耳に押しあて、首をかしげてじつとしてゐたが、やがて、ぽろりと落した。カチヤンと澄んだ音がして、ガラスがこまかくこはれた。もはや修繕の仕様も無い。

この時に「時計」は砕け散り、時はとまる。時計はもともと義弟の所有品であった。それが持ち出され、「その唯一といつていいくらゐの財産が一瞬にして失はれた」と、修繕不可能なまでに壊れてしまう。壊れた時計が義弟の死とコネクトするとさえ想像されるかも知れない[5]。その修繕不可能性は、壊され〈尽くされる〉意であり、この場面は、家が焼き〈尽くされる〉ことと類比的な場面であると考えられるだろう。語り手は唯一残された「財産」で

ある時計さえも徹底的に壊される場面によって、〈尽くされる〉ことをクローズアップして見せる。

そして、確認しておきたいのは、時計が壊れる直前に耳に当てていたのが少女である点だ。「私」の「罪」の深さを示唆する暗闇のなかで澄ました耳に響く「澄んだ音」。この出来事は少女が結末でみんな焼けてしまった家を認める前奏である。なにがしかの啓示が、二度にわたり少女の聴覚と視覚を通じて告げられているのだ。

少女は時計が壊れたことに「留意」しない。語り手は、時計の壊れ尽くされる音を「澄んだ音」と形容する。ここから語り手の、少女の「無心」に対する思いを読みとれるのではないか。少女は「無心」であるからこそ、物理的に全焼した景色とは異なる〈全焼〉の景色を薄明のもと眺めうる。

5

薄明《かすかなひかり》──「明るさ」の由来──

そもそも、題名の薄明はどこを照らすのか。ようやく明いた少女の眼に写った焼け跡の光景なのか。それともそれは目やにで閉ざされていた瞼を通して恢復しかけた眼を温めていた光なのか。本文では一度も使用されないにも関わらず、題名に冠された「薄明」が、何度も繰り返される「失明」と韻を踏んでいることを踏まえれば、それは「失明」状態にあった、彼女の眼に届いたわずかな光であると解釈できるだろう。少女の眼に差し込んだ光。少女自身の光ではない。少女の眼に届いた〈光〉であり、読者はそれを少女の視覚を通して感じとることができる。

「ね、お家が焼けちやつたらう?」

「ああ、焼けたね。」と子供は微笑してゐる。

「兎さんも、お靴も、小田桐さんのところも、茅野さんのところも、みんな焼けちやつたんだよ。」

「ああ、みんな焼けちやつたね。」と言つて、やはり微笑してゐる。

結末において読者は少女に届いた光によって、つまり彼女の眼差しを通じて、全焼の景色を目の当たりにする。強調された「みんな焼けちやつた」家は焼き尽くされたと語られることによって、その対象を捧げものにまで高める。罪による暗闇（失明）に〈光〉が届き、差し込んだ薄明によって照らし出された全焼の風景は、家を祈りの捧げものとして認めたのではないか。作品空間内に目を向ければ、この〈光〉は、時計が壊れ〈尽くした〉際の「澄んだ音」によってもたらされたものだ。唯一残った「全財産」とも言える時計も壊れ、すべてが壊れ尽くす。そして、バラバラに壊れたことで出来た隙間が光源の穴となる。比喩的に言うならば、硝子の砕けた音の波紋が光を宿す。その意味で、敢えて言えば、全てが壊され／焼け尽くされなければならなかったのだ。

このように「薄明」では、語りの機構により、テクスト内容に回収されない余剰性を帯びた〈光〉が差し込む。そして、物語上の単なる舞台背景としての焼け跡ではなく、テクスト内容に回収されない〈光〉のもとで少女が見た風景が、読者に示される。ある表象の媒体として配置された少女の眼によって、その眼の中に写し出された映像が読者の前に広がるのだ。

6　能舞台と能面の機能

この結末の、直接的な風景ではなく、少女の見ている風景を読者が見るという在り様。そのときに少女の顔に浮かぶ、無心の「微笑」。このふたつから、日本の伝統芸能のひとつ、能舞台と能面の機能が思い浮かびはしないだろうか。

能面は、視野を敢えて犠牲にして、瞳の部分のみに穴が開けられている。観客に目の表情が見えないだけでなく、面をつけている演者も殆ど外界を見ることができない。では、面をつけたとき、演者にどのようなことが起こっているのだろうか。増田正造は言う。「こうした桎梏は、演者を閉ざされた世界に導き、目は大部分の機能を遮断されて、おのずと自己暗示の状態を生み出していく。能が他の演劇のように複雑なドラマの再現ではなく、人間の情念の奥底をいかに抽出し、結晶されるかを目標とするためには、それはまことに有効な手段であったといわねばならない」*6。面をつけた演者は外界と遮断され、まっくらな闇にいる。その暗闇によってこそ、シテの内面的な世界は濃密化されていく。

　舞台の象徴性が強められたとき、観客はそこに、眼前の殆ど何もない空虚な舞台ではなく、シテの濃密な内面が展開されているのを見る。シテの中で強められた象徴空間がシテの網膜に映しだされ、その網膜の映像が能舞台に展開されているのを観客は見るのだ。この状況を比喩的に説明すれば、面の凹凸がペコリと反転して観客がシテの眼底を覗きこんでいる、ということになろう。

　このような能舞台と能面の機能が作品内に取り入れられている小説が太宰作品にある。それが『薄明』に収められたもうひとつの短篇、「雪の夜の話」だ。そこには「胎教」のために能面を見せる場面が描かれる。

　せんだつてお嫂さんが、兄さんに、
「綺麗なひとの繪姿を私の部屋の壁に張つて置いて下さいまし。私は毎日それを眺めて、綺麗な子供を産みたうございますから。」と笑ひながらお願ひしたら、兄さんは、まじめにうなづき、
「うむ、胎教か。それは大事だ。」
とおつしやつて、孫次郎といふあでやかな能面の寫眞と、雪の小面といふ可憐な能面の寫眞と二枚ならべて

壁に張りつけて下さつたところまでは上出來でございましたが、それから、さらにまた、兄さんのしかめつらの寫眞をその二枚の能面の寫眞の間に、ぴたりと張りつけましたので、なんにもならなくなりました。

既に指摘があるが、[*7]金剛巌の著作『能と能面』の冒頭「孫次郎」の章に「妻が妊娠すると、その座右に一つの美しい能面をかけて終始これを眺めるやうにすることが、私の家の代々の掟となつてゐる」との逸話が掲載されており、太宰は昭和一六年三月三日山岸外史宛書簡に本書を拝覧したと記している。

7 欲望の表象と舞台の骨組み《グリッド》

「雪の夜の話」（一九四四・五）は、想定される年齢よりも幼い印象を与える少女が語る一人称の物語だ。兄が四〇歳前、「私」は一〇代後半の女学生と想定される。内海紀子は「兄の妹でありながら夫婦の子のごとく擬せされるポジションは、語り手の像に奇妙なブレをもたらしている。十代後半にしては舌足らずな〈女語り〉ならぬ少女語りも稚さを際立たせる」と指摘する。[*8]「雪の夜の話」の語り手の特徴を正確に捉えた指摘だ。但し、作中で飾られる、少女と嫂の存在に響く能面が雪の小面（図1）と孫次郎（図2）であることを考えれば、このような「ブレ」は必然のようにも思われる。何故なら、雪の小面の特徴は「童女の顔と成長した女の顔との不可思議な融

図1

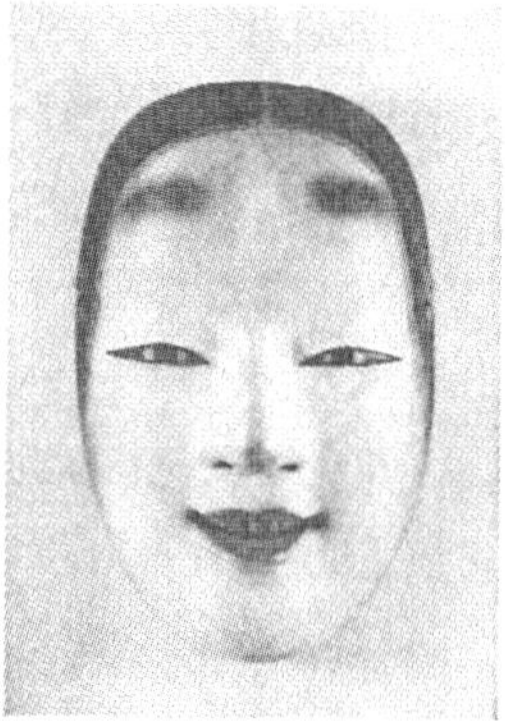
図2

合にある」からだ。ちなみに孫次郎は「美しい亡妻の面影をしのびつつ打つたといはれる面」で、雪の小面が「まことに八面玲瓏、世のあらゆる圓さがことごとくここに集るかと思はれる作物でその美しさは言説を絶してゐる」のに対し、「孫次郎ほど華麗にして濃艶な女面は」なく、「幽玄の境涯はまさにこの面である」という。「艶冶にして窈窕たる美人は、」「その美しさゆゑに天の位にのぼることができない。小面が解脱の美しさだとすれば、孫次郎は煩悩の美しさである」と解説されている。[*9]

小説は、妊娠のために妙なものが食べたくなる、スルメをしゃぶりたいと言っていた嫂のために、「私」がスルメを手に帰路につくところから始まる。「私」はそれを途中で雪の中に落としてしまう。降り積もる雪のなかを探しまわってみても見つからず、溜息をついて夜空を見上げると雪が百万の蛍のように飛び回っている。[*10]「おとぎばなしの世界」の中にいるようだと感嘆した彼女は、自分の眼玉のなかに美しい雪の風景を溜めて嫂にもって帰ってあげようと思う。そのような妙案が彼女に浮かんだのは、「お嬰人」の小説家の兄から、デンマークの短いロマンスとして、次のような話を聞いたからだ。「難破した若い水夫」を解剖した医者が、その網膜に「一家団欒の光景」が焼き付いているのを発見した。医者からその話を聞いた小説家が、それは難破する寸前に「水夫」が燈台の家族の一家団欒を見て、自分が助けを呼べばその団欒が壊れてしまうと躊躇したために波に呑まれてしまったのだとの解釈を表明し、医者もそれに賛同して「水夫」を懇ろに葬った、というもの。そこで、帰宅した少女は早速、「お嫂さん、あたしの眼を見てよ、あたしの眼の底には、とつても美しい景色が一ぱい寫つてゐるのよ」と言って、嫂に眼の底を見せようとする。

つまり、語りの契機は、「このごろはおなかが空いて、恥づかしいとおつしやつて、それからふつと妙なものを食べたくなるんですつて」と本文にある、嫂の説明しがたい欲望にある。嫂が執着する、説明しがたい「妙なもの」。それは「スルメ」として表象する。しかし、その「スルメ」は、止まずに降り続く雪に埋もれてしまう。「私」はそれを探すが、見つけられない。そして、このように書かれる。

溜息をついて傘を持ち直し、暗い夜空を見上げたら、雪が百萬の螢のやうに亂れ狂つて舞つてゐました。きれいだなあ、と思ひました。道の兩側の樹々は、雪をかぶつて重さうに枝を垂れ時々ためいきをつくやうに幽かに身動きをして、まるで、なんだか、おとぎばなしの世界にゐるやうな氣持になつて私は、スルメの事をわすれました。はつと妙案が胸に浮かびました。この美しい雪景色を、お嫂さんに持つて行つてあげやう。スルメなんかより、どんなによいお土産か知れやしない。たべものなんかにこだはるのは、いやしい事だ。本當に、はづかしい事だ。

引用箇所の「幽か」な「身動き」に注目したい。太宰作品には、このような「幽か」の逆説的な使用法が見られる。その代表例が「斜陽」（一九四七・七～一〇）冒頭の、美しい最後の貴族である母の「あ」という「幽かな叫び聲」であろう。「叫び聲」とは大声の意であるから、「幽かな」とは、逆説的な形容以外の何物でもない。「斜陽」は、滅びゆく「貴族」が挙げる「幽かな叫び聲」が全体に響く、いわば「あ」の物語とさえ読める。このことからも、「幽か」は、太宰作品において重要な術語であると理解される。母の死直前に見られる「幽か」な「砂金のやう」な光は、弟の直治が自殺し、かず子の恋も消えた朝に「飽和点」に達する。そして物語はその無表象な光のもと逆照射され、蛇が空を翔け、その鱗を煌かせるように、〈蛇の物語〉から〈虹の物語〉へと反転する。[*11] 先に挙げた「薄明」においても、題名自体が幽かな光との意を含有し（本文には、「斜陽」に類似した表現、「謂はば滅亡前夜の、あの不思議な幽かな幸福感」がある）、結末の少女の微笑もそれに連なる表現だ。また、作品の中に響き続ける「トカトントン」（一九四七・一）と云う「幽かな音」も印象深く思い浮かぶ。

このように、「幽か」が逆説的な形容として使用されているとすれば、「幽か」な「身動き」とは、ほとんど身動きをしない、しかし、重要な（ある種、決定的な）意味を有する動きと考えられる。樹々が「幽かに身動き」をした瞬間、彼女は目蓋のシャッターを切り、カメラのシャッターが下りるように、その刹那を摑まえたのだ。樹々も「私」も同様にその直前に溜息を吐いている。

「私」はその後も「スルメなんか」と「恥」とともに「スルメ」を連呼しているのに、本文には「スルメの事をわすれました」とある。そのように書かれていることは重要である。彼女は「スルメ」を探しながら雪道を歩いているのだから、彼女のまなざしの先にあるのは「スルメ」のはずだ。それなのに、「スルメ」は少女の識閾下に沈んでしまう。それは「いやしい事」「はづかしい事」として見えない彼方へと消失する。そして、「スルメ」を欲した〈説明しがたい欲望〉自体は、「おとぎばなしの世界」と称される景色を支える骨組み《グリッド》となる。そして、〈説明しがたい欲望〉（「スルメ」）によって生成された「この美しい雪景色を、お嫂さんに持つて行つてあげよう」と転化されるのだ。その根拠となるが、死んだ「水夫」の網膜に写る景色をめぐるロマンスだった。

8　ふたつの視覚モデル――カメラと映写機――

荒れ狂う海から引き揚げれらた「難破した若い水夫の死體」が横たわっている。一人の医師が、彼の解剖を請け負う。その死因を探るため、奇妙にも、医師は片方の眼球を取り出す。緒のようにのびる視神経の束をはさみで切り落とされた眼球を、ざくりとメスが開いてみせる。神経と血管とが無数に絡み合う球面、網膜という印画紙に、ちょうど逆さまになった「一家団欒の光景」が焼付いている。このヴィジョンが、「水夫」の目にした最後の光景なのだという。このロマンスは、一七世紀初頭のヨーロッパ、自然科学という精神の曙光のもとで展開された場面を彷彿とさせる。その中心人物は、ニュートンの登場を準備する前時代の科学者でもあり、座標軸を考案した幾何学者にして「省察」の哲学者、「近代的自我」のイコンに祀りあげられる、ルネ・デカルトだ。

デカルトは『屈折光学』の第五講「眼底で形づくられる形象について」で、「一つの穴だけを残し」「完全に閉めきった部屋」つまりカメラ・オブスキュラを引証に出す。そして、この装置を眼底に形象が映し出される現象の最適なモデルとして、眼球の漿液中を屈折する光の様を図式で解説する。

死んだばかりの人の眼、がなければ牛かなにかほかの大型の動物の眼をとり、これを包んでいる三重の膜をうまく、底の方に向かって切り（図3参照）、内部にある液体Mが、そのために垂れないようにして、大部分をむき出しにする。次にそれを陽が透けるほど薄いなにか白いもの、たとえば一枚の紙か卵の殻RSTでふたたび覆い、この眼をわざと窓の穴、Zにはめこみ、前方BCDをV、X、Yのような陽に照らされたさまざまな対象の在る方向に向ける。そして白い物体RSTのある後方を部屋の内部の諸君がいる方、Pに向け、部屋にはこの眼を通ってくる光しか入れないようにする。

　その眼のCからSまでのあらゆる部分は、ごらんのとおりに透明

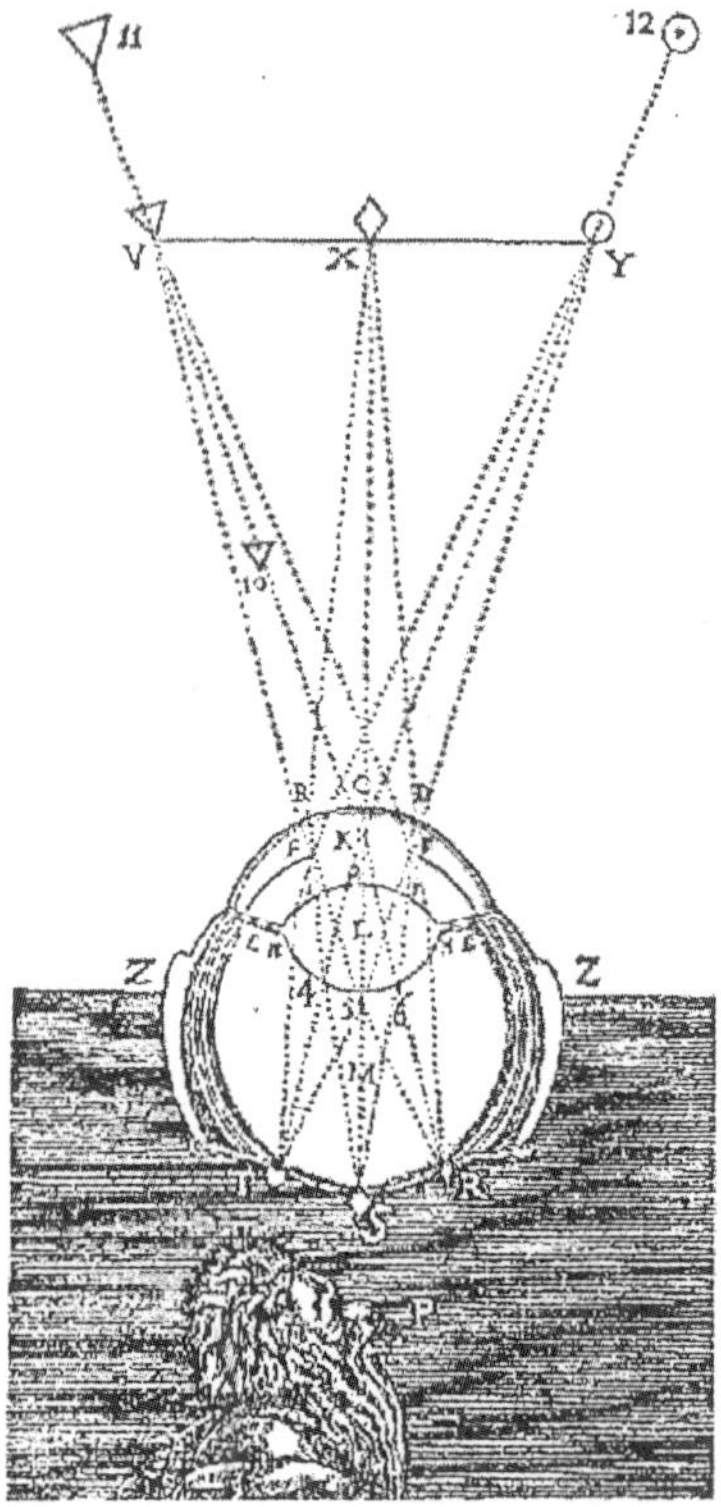

図3

である。さてそうして、白い物体ＲＳＴの上で見ると、おそらく驚嘆と喜悦を禁じえぬことだが、そこにはしごくありのままに透視画法的に外部のＶＸＹの方にあるすべての対象を表現する絵を見ることであろう。*12

透視画法と近代幾何学、そして解剖という自然科学とが交差する、先に引用したデカルトによる眼球モデルにおいて眼底に写し出された映像は、物理的な現象に過ぎない。それは機械的な装置が写すただの像である。だが、「人間の眼玉は、風景をたくはへる事が出來る」との発想は、ある種の力、この場合はきれいな景色を統括する欲望に支えられたものだ。機械的な装置に欲望が備わるとき、換言すれば、単なる物理的な現象を捉える知覚が欲望の領野に踏み込んだとき、「自我」を立て上げる。「雪の夜の話」の場合、少女は、雪に撓んだ木の枝が「幽かに身動き」をする瞬間のうちに、ある特別な主体を立て上げたのだ。

本作の醍醐味は、網膜に像を蓄えるだけではなく、その像を他のひとに伝達する点にある。つまり、物語は二種の視覚モデルを必要とする。景色を撮影するカメラとしての機能と、その撮影した景色を他のひとに見せてあげるための映写機としての機能とを。そして、後者の機能を説明するのが、作品内に掲げられた能の面である。

抽象化された〝殆ど何もない〟能舞台。中央には、多くの場合、その舞台を代表する、シテの執着を示すものが配置されるだけである。「松風」では松の立ち木台が。「井筒」では筒井を模した作り物が。「雪の夜の話」ではさしずめ「スルメ」となろうか。シテの欲望の対象が、舞台空間を支える骨組《グリッド》みとなっている。しかし、あくまでも骨組みとして舞台を支えるだけで、具体的には何も見えない。ちょうど透視図法の画面にしのんでいる格子図のように。シテはこの何もない世界に景色を立て上げなければならない。舞いによってシテの内面が観客の前に表れたとき、観客は面が見ているものを見る。面に開いた小さな穴から、シテの網膜に写る濃密な世界を覗きみるのだ。その事態を表す語を、金剛巌は先の著書の扉に掲げている。

人が見るのでない
面が見るのである

「薄明」に話を戻すならば、ただの焼け跡ではなく、読者は少女の眼を通じて、薄明のもとに焼き尽くされた景色を眺める。少女の眼に届いた、その幽かな光によって、焼き尽された家は祈りの捧げものとして認証されるのではないだろうか。つまり、その幽かな光は、全てが壊れ尽くした後に、壊れ〈尽くした〉彼方から届く〈光〉であると考えられよう。語り手は、一貫して自分の罪に拘泥していた。あるいは、このような姿勢が、全てを壊し尽くした先の光源を、彼方からの〈光〉を欲望していると言えるのかも知れない。

もしも、「薄明」を能で演出するとしたら、舞台には何を置くべきであろう？　墓標となる赤い下駄であろうか。

9　おわりに

太宰の初期作品においても、「薄明」の少女のように、「私」という小説空間の全てを企投される少女の存在はあった。たとえば「めくら草紙」（一九三六・一二）のマツ子がそうだ。マツ子は「私」語りの形式を有する該小説を筆記する。このマツ子による筆記は「私」の言葉を彼女の耳を通してペン先へと収斂させていることを意味する。いわばマツ子によって「私」は小説を成立させる磁場を得ているのだ。しかし、結末では「マツ子も要らぬ」とマツ子の存在は放擲されてしまう。このように、「めくら草紙」では、物語《ロマンス》の枠組みを借りて、物語が圧縮されることはない。言葉は枠を逃れて水のように流れてゆく。

「雪の夜の話」において、「水夫」の網膜に写った「一家団欒の光景」の話の直前に、以下のような箇所がある。

人間の眼玉は、風景をたくはへる事が出來ると、いつか兄さんが教へて下さつた。電球をちよつとのあひだ見つめて、それから眼をつぶつても目蓋の裏にありありと電球が見えるだらう、それが證據だ

これと似た表現が「めくら草紙」にもある。それは、「私の眼には、隣村の森ちかくの電燈の光が薊の花に似てゐたのを記憶して居る」との箇所だ。せっかく、「雪の夜と話」と同様に、この輝く「薊の花」は、言葉に圧縮をかけて、言葉の一元的な流れでは表し得ない、「生きて在れ！」と要請するものを噴出させられたはずであったのに、「めくら草紙」では、「薊の花」はこの作品を満たす水底を照らすものとして輝くことにはならなかった。

ここでは、まだ物語《ロマンス》という言葉に圧縮をかけるべき枠組みが、そして、その撮影した景色を他のひとに見せてあげるための映写機としての機能が、整っていない。「二十世紀旗手」でも、萱野さんというモノローグよりも高次のリアリティを保証する小説形態を「私」と構築しうる女性が登場する。しかし、その萱野さんと一緒に「私」が写真を撮ることで現実を切り取り、凝縮された景色は、――何よりも「不思議に」「そつくりそのまま」萱野さんと「私」とが同時に見た風景であったのに、――「私」がカメラの蓋を開けることによって、真っ黒になってしまう。この場面は、書き留められた言葉（小説）が瓦解していくさまを彷彿とさせる。瓦解し尽くしたその彼方の闇、小説が落ちた〈穴〉からは、〈光〉は幽かにも輝かない。ただ、「私」は「ペンを握りしめたまんま、めそめそ泣いてゐたといふ」と、語り手の様子が伝聞で記され、小説は閉じるのみである。

「満願」（一九三八・九）を挟み、太宰作品はその様相を変える。彼方からは〈光〉が溢れ出す。それは、時に白く、時に青く、時に無表象の光そのものとして。そして、それは蹂躙された妻が眺めるコップに注ぎ、死ぬことばかり考える男の眼前に出される桜桃を瑞々しく彩る。

このようなことがどのようにして起こり得たのか。その謎を解くひとつの鍵に、今まで見てきたような、情報の

インプットとアウトプットの逆転、いわば内面と外界との逆転を指摘できよう。外界の対象は面に穿たれた穴を通じて目から入り、網膜のスクリーンに映しだされる。その情報化された映像を脳が理解する。これが情報のインプットの過程である。能ではそれが逆転する。シテのなかに強められた表象空間が網膜に映し出され、シテの網膜の像が逆照射されて、外界の能の舞台に示されるのだ。

太宰は既に初期の随筆「もの思ふ葦」（一九三五・八～十二）において「花傳書」を引用している。後期作品では「三十四五歳。このころの能、さかりのきはめなり」云々というような直接的な言葉の引用（表面上の内容）の関わりではなく、能に見られる〈主体〉と〈物語空間〉におけるそれの機能との類似を見てとることができる。

対象がレンズを通して網膜上に反転する様を図式化した、先の図3はある特徴を端的に示す。ここでは「知覚」というよりも、幾何学的な概念を表現しているのだ。この図において光は、いわば幾何学としての線で示されている。光と音の類比《アナロジー》を持ち出すならば、〈声〉が〈文字〉へと変換されている。そして、その運動が、より「近代的自我」に多くを負っているのを見てとることは何より重要である。つまり、透視画法という幾何学空間において、第一の点・第一の線を保証するのが消失点・水平線の概念であり、それらは視点の立てあげる主体を無限後退させることによって生み出され、その空間の対象を理性化された格子によって支配するのだ。

太宰が、日記から手紙から、古伝説や過去の物語から、あるいは生の〈声〉から作品を生み出す際に仕組むのは、他ならぬ、この運動である。その作品は様々な読みに開かれている。しかもそのうえで見逃してならないのは、太宰作品において祈りのように託されているのが、作品を生み出す光から線への運動ではなく、文学空間を利用して線から光へと変換させる力である点だ。弦《ストリングス》にて音が震え調律されるように。弓から竪琴になぞらえるように。

太宰文学の意義のひとつとは、言語による明示的な説明によってではなく、文学空間において「私」について考え、「私」に重ねて文学空間を体現した実験をしつづけたことに、そして、その実験の成果にあるのではないだろうか。

最後に、蛇足となるが、今後の課題を少しだけ述べておきたい。「薄明」において、語り手である「私」は、焼夷攻撃に見舞われ、家を焼け出され、そして、間に合わせに作られた県立病院に行くにも拘わらず、負傷者も死者も一切書かれることはない。「私」の「無能無策ぶり」を時にコミカルに描く、実家を焼け出された話においても、そして、必要以上に悲劇的に語る、少女が結膜炎に罹る話においても（本文中に「ただ一つ氣になるのは、上の女の子の眼病に就いてだけであつた」とあるように、少女に目をむけるあまり、「私」は他のところに目がいかない）、「私」の〈道化的〉な語りは敢えて死を回避している。だが、埋葬された「赤い下駄」と壊れた時計は、共に死を彷彿とさせる。小説の時代的な背景を考えれば、その死は戦争にかかわらざるを得ない。「薄明」は確かに「ポジティヴ」な〈光〉を感じさせる。しかし、その〈光〉は死が裏打ちしていることも忘れてはなるまい。「私」の罪悪感が強いからこそ、時計が壊れた時に「澄んだ音」が聞こえたのであろう。その時計は出征している義弟のものである。作品に読み取れる供養が何に対しての供養であったのかは、これらのことを考慮しながら考えていかなければならないと思う。

「雪の夜の話」においても、関連したことを少し書いておく。なぜ「難破した若い水夫」の網膜に「一家団欒の光景」が焼ついたのか。それは、死の直前の魂の煌めきによって、生の光によって焼きつけられたからだと考えられよう。つまり、生という光は、自然に死を陰画に含みこんでいる。語り手の少女はこのことに無自覚である。一方で愚者を装いながら、「お變人」の兄はそれを認識しているのではあるまいか。眼球に残るのがその証拠だ、と言うのはこの兄であるし、この電球はまた燈台の光ともイメージの韻を踏んでいる。すると、海という水、溶ける雪という水とのつながりを見出せるが、もともと海水生物である白い（半透明の）烏賊は黄色いスルメと変化する。すると、雪という純白をいっぱい溜めた眼と「黄色く濁つてゐる」眼との連関をも想起しうるだろう。

注

＊1　「『薄明』論」（「太宰治研究14」和泉書院、二〇〇六・六）

＊2　「薄明」（『太宰治作品研究事典』勉誠出版、一九九五・一一）

＊3　『Concise Oxford 類語辞典』(Oxford University Press, 2002)

＊4　『聖書大辞典』（教文館、一九八九・六）

＊5　原仁司は前掲論文で、妻であった初代の「異郷の地」での「客死」に太宰は「相当な衝撃」を受けたと推察し、本作で「埋葬」したのは、「他ならぬ小山初代の形見ではなかっただろうか」と推察する。「「赤い下駄」は、異人さんに連れられて行って戻らないあの「赤い靴」の少女などを私は連想してしまう」と。本作の表層の物語の奥に死を読みとった読みの例として興味深い。

＊6　「能面の眼」（『エピステーメー』一九七八・九）

＊7　堀部功夫「『雪の夜の話』私注」（「国語国文」七三巻二号、二〇〇四・二）、大塚美保「『雪の夜の話』論」（「太宰治研究12」和泉書院、二〇〇四・六）

＊8　『イメージの分有とジェンダー――太宰治『雪の夜の話』を読む』（『新世紀太宰治』双文社出版、二〇〇九・六）

＊9　金剛巌『能と能面』（創文社、一九五一・七）

＊10　太宰文学における「蛍」の形象については、Ⅳ「天国と地獄の接合点――「道化の華」」の章及び拙著『虹と水平線』（おうふう、二〇〇九・一二）の「フォスフォレッセンス」の章を参照されたい。蛍もまた太宰作品においては、テクストを越えて溢れ出す光を髣髴とさせる重要な形象となる。

＊11　本書Ⅰ「〈灰色の震え〉と倍音の響き――「斜陽」」及び拙著『虹と水平線』（おうふう、二〇〇九・一二）も参照

されたい。

＊12　『デカルト著作集』（白水社、二〇〇一・一〇）

＊13　〈穴〉と〈光〉の太宰文学における変遷については、拙著『虹と水平線』（おうふう、二〇〇九・一二）も参照されたい。

ロマンスが破壊されても美は成立するか――「雪の夜の話」

1　物語を生成する視覚の遠近と〈説明しがたい欲望〉

まずアメリカの連続ドラマ「フリンジ」（*Fringe*, Fox, 2008）の第一シーズン第二話「八十歳の赤ん坊」から始めよう。早老症の連続殺人犯は、急激な老化を抑制させるために若い女性の下垂体を盗まなくてはならない。性的な誘惑を臭わせる女性に、犯人は、窓から見える橋が美しいからと言って彼女を窓辺に誘い、橋を眺めている隙に背後から弛緩剤を注入して彼女の動きを封じ、下垂体を取り除く。犯人を追う捜査官たちは、ジュール・ヴェルヌの小説『キップ兄弟』（*Les Freres Kip*,1902）のなかに、人間が死の瞬間に見たイメージが永遠に網膜に刷り込まれるとあるのを根拠に、死亡した彼女の網膜に残った情報を画像に変換してテレビ画面に映す。そこに表れた橋の映像から捜査官たちは犯人の居場所を特定する。網膜に写り込んでいたのは、彼女が見た最期の光景だ。それがなぜ犯人探しに有効であるかと言えば、それを眺める景色の遠近《パースペクティヴ》は犯人の眼差しでもあり、背後には下垂体を望む犯人の欲望が潜んでいるからだ。この視覚の遠近と背後の欲望の関係は、太宰の「雪の夜の話」に見られるそれと類比しうる。

「雪の夜の話」は、物語世界の生成の仕組みと物語化が孕む危険を示唆する（直接的に説明するのではなく、小説として示す）。語り手である「私」（しゅん子）は、自分の物語を立ててあげようと目論む。彼女の物語世界は「おとぎばなし」に譬えられ、その生成の根拠となるのは「むかしデンマークに、こんな話があった、と兄さんが」「私に教へて下さつた」「短いロマンス」である。デンマークと「おとぎばなし」の結びつきはアンデルセンを想起させるかも知れない。その話は、死んだ「若い水夫」の網膜に、死ぬ直前に彼が見た「美しい一家団欒」の景色が写り込んでいたというもの。このロマンスと同じように、しゅん子は美しい雪景色を自分の網膜に写して、妊娠している嫂に見せてあげようと考えるのだ。

物語のはじめ、妙なものが食べたくなる、スルメがしゃぶりたいと言っていた身重の嫂のために、しゅん子はスルメを土産に帰宅の途につくが、途中で落としてしまう。雪道であったために引き返して探しても、発見することが叶わない。このことから、しゅん子の語りの契機は、「このごろはおなかが空いて、恥づかしいとおつしやつて、それからふつと妙なものを食べたくなる」嫂の説明しがたい欲望にあると指摘できよう。嫂が執着する、説明しがたい「妙なもの」。それは「スルメ」として表象する。しかし、その「スルメ」は、止まずに降り続く雪に埋もれてしまう。「私」（しゅん子）はそれを探すが、見つけられない。その時、しゅん子は考える。

白い雪道に白い新聞包を見つける事はひどくむずかしい上に、雪がやまず降り積り、吉祥寺の驛ちかくまで引返して行つたのですが、石ころ一つ見あたりませんでした。溜息をついて傘を持ち直し、暗い夜空を見上げたら、雪が百萬の螢のやうに亂れ狂つて舞つてゐました。きれいだなあ、と思ひました。道の兩側の樹々は、雪をかぶつて重さうに枝を垂れ時々ためいきをつくやうに幽かに身動きをして、まるで、なんだか、おとぎばなしの世界にゐるような氣持になつて私は、スルメの事をわすれました。はつと妙案が胸に浮びました。この美しい雪景色を、お嫂さんに持つて行つてあげやう。スルメなんかより、どんなによいお土産か知れやしない。たべものなんかにこだはるのは、いやしい事だ。本當に、はづかしい事だ。

彼女は「スルメ」を探しながら雪道を歩いているのだから、彼女のまなざしの先にあるのは「スルメ」のはずだ。それなのに、「スルメ」は少女の識閾下に沈んでしまう。それは「いやしい事」「はづかしい事」として見えない彼方へと消失する。そして、「スルメ」を欲した〈説明しがたい欲望〉は、「おとぎばなしの世界」と称される景色を支える骨組《グリッド》みとなり、しゅん子の網膜に写る美しい雪景色という物語世界を生成する。嫂が「スルメ」を食べたいと考えるのは、本作の舞台が戦時下であることを反映していよう。戦後のもう少し物資が豊かな時代であれば、妊娠している女性に推奨されるのは卵であったり肉であったり、あるいは乳製品であったかも知れない。しかし、戦時下の食糧不足から物質的に抑圧を受けている嫂（夫は「買ひ出し」に行くことさえ拒否している）は水分がなくカラカラに乾いた、骨のような、なんとも言いがたい、不定形な「スルメ」をしゃぶりたいとの「妙な」欲望に見舞われるのだ。このような形状は、世界を生成する〈消失点〉に、文字通り骨を彷彿とさせる〈骨組《グリッド》み〉に、なんと転化しやすいことであろう。戦時下において、物質的な抑圧は精神的な美しさへの欲望へ転化し、美しい物語としてロマンス化されていた。[*1]

なぜ、しゅん子は自分の網膜に写し込んだ雪景色を、嫂に見せよう（見せられる）と考えたのか。それは、その雪景色という物語世界が、嫂の〈説明しがたい欲望〉によって生成されているからだ。[*2]

2　物語で物語の生成（と崩壊）を語る物語

本作は、雪景色をしゅん子の網膜に写し込む物語が語られるだけではない。その物語世界は「お變人」の兄によって否定され、結局、嫂に見せることは叶わない。第一、しゅん子自身、自分の語る物語世界の根拠としている話《ロマンス》自体を、「でたらめばつかりで、少しもあてにならない」として、「嘘のつくり話」である可能性を示唆している。

しゅん子は自分の網膜に雪景色を写し込むにあたり、ある決定的な瞬間を捉える。先の引用箇所に見られる「幽か」な「身動き」に注目したい。太宰作品には、このような「幽か」の逆説的な使用法が見られる。その代表例が「斜陽」冒頭の、美しい最後の貴族である母の「あ」という「幽かな叫び声」であることは前節で指摘した。樹々が「幽かに身動き」をした瞬間、彼女は瞬き（目蓋のシャッターを切り）、カメラのシャッターが下りるように決定的な時間を摑まえたのだ。彼女の名前が瞬きに通じる「しゅん」を担うのも、このことと無関係ではあるまい。しゅん子は、一瞬を捉えることで物語世界を生成しようとする。

彼女の物語世界の根拠となっている「短いロマンス」も、死の直前に、生の最後の一瞬の光によって、「若い水夫」の網膜に「一家団欒の光景」が焼き付いたという内容だ。それは瞬間の出来事であり、時間的な継続ではない。しゅん子自身「人間の眼の底には、たつたいま見た景色が消えずに殘つてゐるものだつて」と、景色を焼き付ける「たつたいま」を強調する。あるいは、「本當にお嫂さんはいま、」「この世で一ばん美しいものばかり眺めてゐたい」と、やはり焼き付けた景色を見せる嫂についても「いま」を強調している。*3

そもそも、しゅん子が語る本作も、「あの日、朝から、雪が降つてゐたわね」に始まり、「私はあの雪の夜に」と回想形式で語られているのに、雪景色を眼に写し込む場面において、先に部分的に引用したように、「本當にお嫂さんはいま、おなかの赤ちやんのために、この世で一ばん美しいものばかり眺めてゐたいと思つていらつしやるのだ、けふのこの雪景色を私の眼の底に寫して、さうしてお嫂さんに見せてあげたら、お嫂さんはスルメなんかのお土産より、何倍も何十倍もよろこんで下さるに違ひない」と「いま」「けふ」を用い、現在形で語られている。物語が誕生するか否かの緊張感は、嫂の妊娠とも共振していよう。それに対して、小説家であり「お變人」の兄は時間軸を持ち込むことによって、その「美しい」物語世界を壊す。

「おれの眼は、二十年間きれいな雪景色を見て來た眼なんだ。おれは、はたちの頃まで山形にゐたんだ。しゅん子なんて、物心地のつかないうちに、もう東京へ來て山形の見事な雪景色を知らないから、こんな東京のちやちな雪景色を見て騒いでゐやがる。おれの眼なんかは、もつと見事な雪景色を、百倍も千倍もいやになるくらゐどつさり見て來てゐるんだからね、何と言つたつて、しゅん子の眼よりは上等さ。」

この発言は「たつたいま」見た景色を瞬時に網膜に焼き付ける「ロマンス」から逸脱して、「二十年間」という時間の累積を以て、しゅん子の生成する物語世界を、それを写し込む眼から否定する。

しゅん子が生成を目指しているのは、「美しい雪景色」だった。死んだ「若い水夫」の眼の底にも、「美しい一家団欒の光景」が写されていた。両方で強調されているのは〈美しさ〉である。ただの雪景色ではなく、ただの一家団欒の光景でもない。しかも、その「若い水夫」は「世の中で一ばん優しくてさうして氣高い人」と評価される。ここでは「この世で一ばん」「世の中で一ばん」と純度の高い美しさが、美しい物語世界の生成が目指されている。[*5]

しかし、その物語世界の骨組み《グリッド》となっているのは、「いやしい」スルメであることを忘れてはなるまい。しゅん子はそのことに気付いていないかのように振舞う。むしろ、スルメを「あきらめ」ることによって美しさが保たれている、と考えている。

私はスルメをあきらめてお家に歸る途々、できるだけ、どつさり周圍の美しい雪景色を眺めて、眼玉の底だけでなく、胸の底にまで、純白の美しい景色を宿した氣持でお家へ歸り着くなり、

「お嫂さん、あたしの眼を見てよ、あたしの眼の底には、とつても美しい景色が一ぱい寫つてゐるのよ。」

「眼玉の底だけでなく、胸の底にまで、純白の美しい景色を宿した」（傍点引用者）にも関わらず、その眼を覗き込めば、「雪のやうに肌の綺麗な赤ちゃんが生れてよ」と言い、内面ではなく、「肌」という表面が美しくなると考えている。彼女にはその表しか見えていない。*4 一方で、小説家で「お變人」の兄は、純度の高い美しいロマンス化の危険性を理解していたのではないか。彼は道化的な役割を買って出ることで、ロマンス化に抵抗する。

ここではロマンス化による美しさとは異なる、それを壊した上でもあるはずの、絶妙なバランスでしか描きえない、不可能な美が目指されている。戦後の太宰作品を読むとき、単純なロマンス化をすることなしに美しさは成立するのかとの課題を、作品によって解き明かそう、そのような美を小説によって具現化《トランススタンツィアツィオネ》させようと試行しているように思われる。*6 ロマンス化が壊されたとしても生み出される美しさを。例えば「櫻桃」の結末で、「私」によって噛み砕かれてもなお、読者が感じ取る鮮やかな桜桃の瑞々しさのような美を。

注

*1 戦時下の物語化と「雪の夜の話」については内海紀子「イメージの分有とジェンダー」（『新世紀太宰治』双文社出版、二〇〇九・六）も参照のこと。また千葉正昭は「太宰治と聖書」の中で本作と聖句の関わりを論じながら「戦時下の窮乏生活の物質の問題から精神へのそれへと転換させることもしてのけてみせる」と指摘している（「太宰治研究12」和泉書院、二〇〇四・六）。

*2 しゅん子の物語世界が胚胎する――現実の雪景色が、しゅん子の網膜に焼付けられた雪景色へと変わる――その時、雪は「百萬の螢」にその姿を変える。太宰文学において、螢と雪とがロマンス化に一役買う場面はよく見られる。例えば「富嶽百景」（一九三九・二〜三）では、「したたるやうに青い」富士を見た「私」は、「ほたる」を連想して「溜息をつく」。そして自分を「維新の志士」と見倣し、「興あるロマンスだ」と考える。「富嶽百景」では、財

布を途中で落として引き返し、発見に至るのだが、それと「雪の夜の話」との比較は別稿に譲ることとして、ここでは小説の構想と表現への模索が内容の中心線のひとつとしてある「富嶽百景」でも、ロマンス化の際に蛍が顔を出すことを指摘しておきたい。あるいは、「思ひ出」（一九三三・四、六、七）の一場面。「デモクラシイといふ思想」に「心弱くうろたへた」「私」が、赤い糸と言えば「小間使」のみよのすがたが胸に浮かぶとして、その、みよを「意識しだした」きっかけとなったとする場面においても、蛍が青い火を放つ。一方、雪と文字と網膜と小説の生成について指摘しておくならば、「めくら草紙」（一九三六・一）に「毎夜、毎夜、萬朶の花のごとく、ひらひら私の眉間のあたりで舞ひ狂ふ、あの無量無数の言葉の洪水《こうずい》が、今宵は、また、なんとしたことか、雪のまつたく降りやんでしまつた空のやうに、ただ、からつとしてゐて、私ひとりのこされ、いつそ石になりたいくらゐの羞恥の念でいたづらに輾轉してゐる」（傍点引用者）との箇所がある。「めくら草紙」もまた、登場人物のひとりであるマツ子の網膜と大空を反射する水とを対比させながら、言葉によって具象化される過程を、物語として表象した小説と考えられる。引用箇所では、「私」によって「私」が小説化（文字によって具象化）される瞬間を「雪のまつたく降りやんでしまつた空」と対比させることによって形象している。また、水から雪への変化と作品生成については、たとえば「道化の華」にその顕著な例を見ることができる。同作においては「ほたる」と綽名される女性が重要な存在として登場する。「道化の華」と類似した海の描写が見られる「断崖の錯覚」に登場する女性は「雪」である。

＊3　嫂の名前きみ子にはどのような漢字が宛てられようか。「君」であろうか、「公」であろうか。しゅん子に浮かぶ「妙案」ときみ子が欲望を抱く「妙なもの」。ここでにおいても「妙」による一致が見られる。「白」と「妙」を結ぶと、「白妙の」が思い浮かぶ。「白妙の」は「雪」の枕詞。「シロメ」と「スルメ」の色音的な同調。きみ子のきみには「黄」も響く。

＊4　嫂が眺めるのは能面のおもてであり、しゅん子が景色を写すのは網膜の表面である。

＊5　これに似た純度の高い美しさを希求する作品に「女生徒」（一九三九・四）がある。「女生徒」では、「明日もまた、同じ日が來るのだらう。幸福は一生、來ないのだ」とあって、「今日」がくり返されることを恐れ、絶望しつつも「明日」が来ることを願って眠るところで話が終わる。そして、「あさ」から話が始まる。「明日」になれば、「明日」が「今日」になってしまう。「明日」は永遠にやって来ない。あるいは、「このとほりの姿勢でもつて、しかもそつくり同じことを考へながら前の雑木林を見てゐた、見てゐる、やうな氣がして、過去、現在、未來、それが一瞬のうちに感じられる様な變な氣持がした」とあるなど、目が「コトン」と停まって動かない状態が描かれている。このように、該小説は、物語の筋としては朝から夜までの一日の出来事が描かれているように見せながら、リニアの時間軸とは異なる寸刻の永遠のような重層的な時間を感じとらせる。

＊6　「櫻桃」については、拙著『虹と水平線』（おうふう、二〇〇九・一二）も参照されたい。

Ⅳ

水に沈む主体と映し出される青空

天国と地獄の接合点――「道化の華」

1 「大いなる〈零〉」あるいは「死の欲動」

「道化の華」の語りの形は渦である。しかし、その円環構造だけを読みとれば十分なのではなく、本作においては、その渦から上へ上へと飛翔しようとする動きと、そのようにして積み上げられた高みから真下を覗きこむまなざし、そのまなざしによって示される下へかかる重みを軽視してはなるまい。「道化の華」を定立させる重み。この作品の肝はメタフィクションのメタ性ではなく、この重心にこそあるのではないか。

長野隆は中原中也の詩を参照しつつ、本作の語りに、繰り返される「〝振り子〟の運動」を読みとる。長野は「ことばは、〈正〉と〈反（負）〉の間を、〈正〉であり、〈反（負）〉であり、〈正〉でもなく、〈反（負）〉でもないように、揺れ、その〝揺れ〟をとおして、総和点としての〈零〉が差し出される。」「プラス、マイナス、イコール、ゼロ――たしかに、足して引いたこの「0」は、確信ある新たな「0」というべきで、足しもせず引きもしない元なる「0」とはわけが違う。無言という〈零〉がある真理を含んだ虚無として、ある大なる絶対値として差し出される」とする。[*1] 示唆に富む魅力的な指摘だ。但し、事、本作の語りの形に関してのみ言うならば、プラスとマイナスで示されるような左右にのみ揺れる〝振り子〟運動ではない。語りの運動は直線ではなく、本文中の言葉を使用して表現するならば「よろめいてゐる」。[*2]

「道化の華」の語りの形に注目した跡上史郎は、本作にある「メタレベルへのこだわり」を解き明かし、「メタレベルが積み重ねられる螺旋的構造」を指摘した。そのうえで、「大庭葉蔵の物語と、〈僕〉による注釈部分とは、お互いに協調し合いながら、この作品に全体としての真実、真実のようにみえるもの、を形成していこうとしている」として、「道化は、〈ほんたう〉という奥行きを錯視させる遠近法のような機能を果たしている」と述べた。[*3]「積み重ね」というからには、それは上へ上へと積み重ねられるのであろう。となると、〈ほんたう〉があるはずと思わせる「奥行き」とは、上への、いわば垂直の奥行きなのであろうか。それとも、エッシャーのように上下を問うことさえ愚問と思われるような構造なのであろうか。

「道化の華」のメタフィクション性を指摘して、「文芸学的には、一切の先入観を排し、厳密にテクスト内部の構造を分析するところから再出発すべき」と宣言したのは中村三春である。[*4]それは、全くその通りであると思うのだが、また一方で、従来「太宰の実存」が読みとられてきた、断崖から海を見下ろす結末も軽視できない。平浩一は「道化の華」の結末について「葉蔵も、心中によって実体性を取り戻そうとした。そして、真野と二人で最後に山に登っていく場面は、再び心中を予感させる。これは、やはり実体性の回復は「死」を以ってでしか行い得ないという「死への欲望」の逆説を表わしている」と指摘する。「結局『道化の華』は、資本・ジャーナリズム・大衆という、大宅の言う「不可避的な、盲目的な、非人格的な力」から実体性を取り戻そうとした小説なのではなく、もはやそれが不可能であることを示し、喪失される実体性、そして更にそれをもたらす流れを露呈させる小説なのである。死を以ってでしか実体性を回復できないという「死への欲望」の逆説を小説内に滲ませ、回復へ向かおうとするが、しかしそれも結末部で投げ出されてしまうことで、回復は断念され、喪失された実体性とそれをもたらす流れが、結局そこに露呈されるだけなのだ」と指摘する。[*5]

本稿では、平論が本作発表時の「社会の大衆消費化」状況から指摘した「死の欲動」が、そして、長野隆の言う「大いなる〈零〉」が、いかなるものであるのかを、「テクスト内部の構造」から読みとってみたい。

2　渦と飛翔と重心と

本作の語りを「渦」と呼ぶのは、それが円環構造の様相を示すからだ。その一例として、冒頭に投げだした一文「ここを過ぎて悲しみの市」から、青松園への葉蔵入院の顚末、友人たちの見舞いを語り、「それから最初の書きだしへ返るのだ」とある箇所（「悲しみの市」から「空濛の淵」であり、正確にはそこでは円は結びあわないが、すぐ後に「ここを過ぎて悲しみの市」と語りの審級をあげて繰り返される。）をまずは指摘できよう。あるいは、「『美人らしいよ。』それからしのびやかな笑ひ聲が。」とあって、葉蔵が少女を意識しながらヴェランダで読書をしていていることを小菅が飛驒に告げた後に、「美人らしいよ。本の嘘讀みをしてゐる」[*6]との台詞に再び返ってくる箇所もある。さらには、「失敗したよ。」との一文があり、そこから、小菅の失敗談を「數行を挿入」した後に、「失敗であつた。外套のしたから、うす汚い股引をつけた兩脚がによつきと出てゐる」と結ぶ箇所もある。また、「はじめから讀み返してみよう」とわざわざ冒頭へ戻そうとする動きもそのひとつの例として指摘できよう。

本文でも葉蔵と小菅と飛驒とそれから「僕」とで作りだした「いつぷう變つた雰圍氣」を「ぐるぐる渦を巻いた雰圍氣」と称している。そして、結末に到り、この小説を「巻」と呼ぶ。むろん、巻とは書物や本の別称に過ぎないが、この語は本作の語りの形が渦巻状である印象を補強する。

また、赤い渦巻も登場する。それは、真野の語る怪談「生きながらに甲羅が赤い」蟹[*7]とかかわる。本作は筋のみを追うならば、死んでしまった園と死なせてしまった葉蔵の話であり、その葉蔵が療養院で回復して退院するまでを描く。真野の怪談は、「やはり女のことで自殺を謀つた青年が」と書かれており、この「やはり」という表現にこだわれば、「自殺を謀つた青年」とその死後に「幽かな物音」をたてて、真野のうしろに現れる、生きながらに「赤い小さな蟹」とは、大庭葉蔵に——葉蔵の場合は、葉蔵は死なず、園が死んでいるので——ねじれた形で、あるいは反転した形で、重ねられるだろう。*8 怪談を耳にした葉蔵は「園の幽霊を思つてゐた」。この印象的な赤色を渦に重ねて語るならば、結末において赤いショオルが真野によって「顔がうづまるほどぐるぐる巻」かれている。

そして、この小説の語りに見られるのは、二次元上に巻いている渦ではない。そこには、上下の動きが見られる。上下の動きについて目立つ例を挙げるとするなら、例えば葉蔵や小菅や飛騨が上へと飛翔しようとする場面がある。

　この小説は混亂だらけだ。僕自身がよろめいてゐる。葉蔵をもてあまし、小菅をもてあまし、飛騨をもてあました。彼等は、僕の稚拙な筆をもどかしがり、勝手に飛翔する。僕は彼等の泥靴にとりすがつて、待て待てとわめく。

ここにはいわゆる登場人物たちが上へと「飛翔」するさまと、その足にとりすがって下へと降ろそうとする力学とを見てとれる。

また結末に於いて、真野と葉蔵は「山頂」へとあがっていく。*9 その東の空には富士がくっきり見えるはずだ。しかし、朝日はまだあがっていない。そして、

　葉蔵は、はるかに海を見おろした。すぐ足もとから三十丈もの斷崖になつてゐて、江の島が眞下に小さく見えた。ふかい朝霧の奥底に、海水がゆらゆらうごいてゐた。

この頂上から東に見えるはずの富士から目を転じて海を「眞下に」見おろす結末が、下への重心を感じさせる最

たる場面であろう。引用部に「江の島」と書かれているように、本作は鎌倉が舞台となっている。[*10] そして、鎌倉の地形を考えるとき、このような富士と江の島と海の配置を眺め得る裏山は存在しえない。裏山から眺めた時、少なくとも富士と江の島は並んでいるか、江の島が少し下に見えるはずである。富士を東の空に臨みながら、江の島が「眞下」にあろうはずがない。実際の地形を不自然に変更してまで、ここでは「眞下」が強調されているのだ。葉蔵と園とが身を投げた江の島は、そして、園が沈む海は、「眞下」になければならなかった。ここに、本作にある、下へと引き寄せる重心の強さを感じざるを得ない。

この重心によって、「道化の華」の「道化」的な語りは支えられている。

3　天国と地獄の接触点——よろめく「三」——

本文は三という数字によって多く構成されている。葉蔵の兄が来たとき、飛驒が手にしているトランプは三枚。小菅と葉蔵は三歳違い。フランス語の時間に、葉蔵があくびをしたのも三度。そして三人の青年。三人の快復期の患者。真野がランプをひっくり返し、治らない傷をつけてほたると呼ばれるようになったのも、三つの時。大庭葉蔵が似ているとされる神ミネルヴァは、パリスの審判にも登場する三美神のひとりだ。[*11] 但し、本文において、三は四へと足場を踏みかえられる可能性も示唆される。快復期の患者は葉蔵を迎えて四人になるし、三人の青年も、「三人とも、このとつさの間に、本氣で退院の腹をきめた。殊にも葉蔵は、自動車に乘つて海濱づたひに遁走して行くればれしき四人のすがたをはるかに思つた。」「葉藏と小菅と飛驒と、それから僕と四人かかつて」というふうに、真野もしくは僕を加えて四人となる。葉蔵は真野に園の話をするとき、「ほんたうに、僕はそこのバアへ三度、いや四度しか行かなかつたよ」と言う。葉蔵の入院生活は「四日間」と強調される（実際は四日以上だが）。そして、大庭葉蔵の名前も「かう四字ならべたこの快い調和」と四字が強調されている。このことも、僕が「よろめゐてゐる」ことと関わるだろうか。[12] 三はピッタリと重ねられるわけではなく、時によろめきブレる。そこに示されるのが二次元上でピッタリ重なる円の繰り返しではなく、ブレることによって渦巻きを形成しているように。

本文を構成する、〈よろめく〉三という数字のなかで、語りの中心をなすものは、「美しい感情を以て、人は、悪い文學を作る」であろう。この言葉は本文中にやはり三度繰り返され、引用した後に続く言葉を、様々に変更する。一度目は、「ああ、この言葉を考へ出した男にさいはひあれ。なんといふ重寶な言葉であらう。けれども作家は、一生涯のうちにたつたいちどしかこの言葉を使はれぬ」と書き、二度目は、「なんといふ馬鹿な。この言葉に最大級のわざはひあれ」と書く。「さいはひ」と「わざはひ」とは、音は大層似ているが意味は正反対だ。そして、三度目に至り、「僕は三度この言葉を繰りかへす。そして、承認を與へよう」となる。いわば、語りはこの引用句を語りの支点としながら、その足場を踏みかえているのだ。

それにしても、三度目にこの引用句を繰り返した後に述べられる言葉のなんと、曖昧で、未確定なことか。一体、誰が（僕が？）誰に（僕に？）何の「承認を與へよう」と言うのか。

余談ではあるが、先行研究によってこの引用の典拠が明らかにされている。[13] この引用句の後に続く言葉。それは、「悪魔の協力なくして芸術品は無い。然り、確かに全芸術作品は天国と地獄の接触点、或は天国と地獄との結婚の指輪」、である。[14]

4　「華」という「植物」文様

本作に登場する人物たちの名前は植物にまつわるものが多い。園、真野、大庭葉蔵、小菅。飛騨を除く人物のすべてに植物の形象が潜んでいる。唯一、植物が隠れていない飛騨については、「飛ぶ」という文字が使用されていることが気に懸かる。この名前の在り様は、同じ「青年」であっても、その性質において濃淡があることを示唆しよう。このことは後述することとして、まずは、三人の主要な登場人物である、園、真野、大庭葉蔵に付された、植物によって囲われる場について検討を加えてみる。

同じ植物によって囲われる場の形象を抱えてはいても、その印象には階調がある。「野」は広くのびた大地である。荒野や野原や原野などと使用される。しかも真野には、それに真実を示す「眞」が冠されている。三人の青年たちが「道化」を繰りひろげ、「僕」も葉蔵自身もことばで確定できぬ混沌の中にあって、真野はただ一人、葉蔵が「嗚咽してゐる」姿を目撃している。その姿を真野に目撃されることによって、葉蔵が軽薄に「道化」けているだけではないことが小説内で保証される。その意味で真野は特異な存在である。三人の青年の心情について、「僕」はその内面に入りこんで解説するが、常にその主語は三人称で示される。本文に「葉藏はおとなしくしてゐる。僕の身代りになつて、妥協してゐるのである」と書かれるように、その形式は、彼らの内面が「僕」によってしっかり把握されているというよりは、「僕」が勝手に自分の都合のよい解説を彼らの内面として押しつけているのではないかとさえ勘ぐり得る。ただ、真野ただ一人、地の文において「私は私なりに誇りを持たう」と、一人称でその内面が描かれている。

一方で、「園」は庭の意であるが、人によって造られた物質的な庭とは少し異なる用法がなされる。「桜の園」「エデンの園」などのように根源的、原初的な場を示す語も想起されよう。本作において、園は水に沈められ、失われた存在として描かれる。冒頭には何の説明もないまま、「僕はこの手もて、園を水にしづめた」とあり、実際に園という女性を海に沈めたことを含意するのだと確定されるまでの暫しの間は、神罰により一夜のうちに海底に没した伝説の「園」のような、象徴的な比喩とも受け取れる。そのように考えれば、〈失われた園〉という想念はいよいよ強まり、「僕は悪魔の傲慢さもて、われよみがへるとも園は死ね、と願つたのだ」と、それに「悪魔」のような「僕」の罪が関係しているとなれば、——しかも、「よみがへる」とは原義通り捉えば、〈黄泉〉から帰るのであり、死後の世界が匂い立つ——そこからは広義の〈原罪〉の響きが幽かに届く。

大庭葉蔵は、庭園などの使用例から、真野、園と比すれば、もっとも人口的な場所を想起させる。太宰文学において葉と言葉とが繋がる例が多いことを斟酌すれば[*15]、猶の事、人の手が加わって——特に言葉によって——造られるとの心証が強くなろう。

ついでながら、小菅に触れておけば、「菅」はカヤツリグサ科スゲ属の草本の総称である。ただし、場所で言うならば（「飛騨」も地名である）、「小菅」とは、昭和八年一月二〇日から四年間河上肇が投獄されていた刑務所を彷彿とさせずには置かないだろう。小菅が法科の大学生であることも、このことと無縁ではないかも知れない。その意味では、小菅は飛騨ほどではないものの、園、真野、大庭葉蔵とは質の異なる存在であることも示唆しているように思われる。

本文において、名前以外で植物の囲いを感じさせる場は、真野が「生きながらに赤い」蟹の登場する怪談話をする場所であろう。以下にその箇所を引用する。

　けふはその寝床を小菅に奪はれたので病院の事務室から薄縁を借り、それを部屋の西北の隅に敷いた。そこはちやうど葉藏の足の眞下あたりであつた。それから眞野は、どこから見つけて來たものか、二枚折のひくい屏風でもつてそのつつましい寝所をかこつたのである。
「用心ぶかい。」小菅は寝ながら、その古ぼけた屏風を見て、ひとりでくすくす笑つた。「秋の七草が畫れてあるよ。」

真野は「二枚折のひくい屛風でもつて」囲った寝所から「生きながらに甲羅が赤い」蟹の怪談を語る。その屛風には、秋の七草が画かれている。しかも、その場所は、わざわざ「そこはちやうど葉藏の足の眞下あたり」と「眞下」が強調されている。葉蔵に沈められた園（死）と葉蔵の看護をする真野（生）は、ここにおいては、けっして対照的な位置にはいない。更に指摘しておけば、その葉蔵の「眞下」は、「部屋の西北の隅」である。この「西北」という方角は、白いペンキに塗られた壁に囲まれ、東側に院長の肖像を掲げた食堂にある、小菅と飛驒とが食事を取った「東南の隅」のテエブルと対置される方位だ。

真野がその怪談話をするきっかけは、葉蔵が「波の音が耳について」眠れないからであった。本作ではそこここでこのように沈黙を破る波（浪）の音が響く。[*16] たとえば、兄が葉蔵に出頭する話をするとき。「兄は、炭火へ瞳をおとして、しばらく默つた。雪解けの雫のおとが浪の響にまじつて聞えた」というように。そして、「僕たちはそれより、浪の音や鷗の聲に耳傾けよう」と。海は園の沈む先であり、その園が沈む海から波（浪）の音が響く。死者たちの声であるかのように。死んでいる筈の赤い蟹が、垣根から生きて這い出てくるかのように。

5　「大人とは、裏切られた青年の姿である」

先行研究では、本作に青年と大人との対立構造を読むことが多い。それは、「新らしさ」「あたらしい青年は」などと「僕」がそのように主張しているからなのだが、掛井未知江も指摘しているように、[*17] 青年と大人とは単純な二項対立関係にはなく、もちろん、それがそのまま、「俗／反俗」あるいは「生活／芸術」にスライドするものでもない。

例えば、飛驒はいちばん大人に近い青年とも考えられるが、彼は兄の着物を借り、「この二人の友だちからだんだん遠のいて行くおのれのしなびた血を、いまはつきりと感じた」とされる。小菅も「小菅は葉藏をふびんだと思つた。それは全く、おとなの感情である」と書かれている。一方で、葉蔵は院長の息子の着物を借りていたのだが、「こんなことを申しあげると失禮でせうけれど、これからはほんたうに御勉強なさるやうに」と言って、「はにかんだやうな眼を海へむけ」る院長の姿は、それほど小菅や飛騨の態度と離れてはいないように思われる。少なくとも、お「道化」る繊細な「青年」の心情を解さない無神経な「おとな」の姿ではないだろう。ただ、両者は何を罪とするかに（どのような罪であるとするかに）認識の相違が見られる。

ここで、葉蔵が園と共に海の浪にもまれた故の傷とそれに貼られる白いガアゼとを思い起こそう。入院当初、傷ついた葉蔵には「顔のところどころに白いガアゼが貼りつけられてゐた」。そして、三人の青年たちの「道化」の見本《サンプル》となる挿話を語っている時、葉蔵は「頬のガアゼを氣にしいしい笑つてゐた」。しかし、結局は、その「傷はなほ」り、ガアゼは剝がされる。

この小説の中心線となっているのは、葉蔵の療養院での恢復の物語であろう。夜中に海から引き揚げられた葉蔵は療養院に収容され、やがて「傷はなほ」り退院する。その恢復を表す退院の日の、朝日が昇る直前で、物語は閉じられる。葉蔵にとって療養院は傷を癒す場所であり、恢復への動きが日の光と照応していることを示すため、収容される療養院の建物の描写は「東―西」軸をもってなされている。

葉藏の収容された東第一病棟は、謂はば特等の入院室であつて、六号に區切られてゐた。葉藏の室の兩隣りは空室で、いちばん西側のへ號室には、脊と鼻のたかい大學生がゐた。東側のい號室とろ號室には、わかい女のひとがそれぞれ寢てゐた。三人とも恢復期の患者である。

引用箇所では、恢復期の患者は東第一病棟に収容されているとされ、その病室の位置関係が詳細に書き込まれている。そして、「パノラマ式の數齣を展開させる」として描く「小春の日ざし」に溢れた療養院の様子は、「い號室の患者が、」「ろ號室の患者は」「へ號室の大學生は」というふうに、「い」から「へ」へと、すなわち東から西へと太陽の軌道にのって展開される。そして、溢れる日の光を最も強く感じさせ、更に葉蔵の「蘇生」への導きを描きだしているのは、「まひるの日を受けて、白く光つて」いるパラソルの場面である。

6

いちじるしい「白」——恢復と日の光——

「道化の華」における「まひるの日を受けて、白く光つて」いるパラソルの場面をより深く捉えるために、「満願」に出現する、「道化の華」にの類似した、日光を受け、そして光りを放つ白いパラソルの場面に触れておきたい。[18]
「満願」では末尾において、くるくるっとまわる白いパラソルが鮮やかに迫りくる。小川に沿った小道でまわるそれは、朝の清潔な印象を「私」に与える。それを繰り返し「私」は〈美しい〉と規定する。末尾の文は、「年つきが經つほど、私には、あの女性の姿が美しく思はれる。あれは、お醫者の奥さんのさしがねかも知れない。」である。「満願」は四年まえの出来事として語られる回想形式だ。結末に至り、語り手は再び、書いている現在に戻ってくる。であればこそ、先に引用を示した通り女性は「あの」と遠くに指示される。だが、「思はれる」と現在形で語られていることから、「美しさ」の感慨は現在のものと理解できる。では、最後の「お醫者の奥さんのさしがね」とされる「あれ」は何を意味するのか。
直前の名詞を受けているとすれば、「あの女性の姿」だろう。本作が「これは、いまから、四年まへの話である」で始まっていたことを想起すれば、冒頭の「これ」との対応から、物語全体を受けているとも考えられる。先に引用した跋の一文が改行して示されていた初出では、殊にそのように判断される。「あれ」が「あの女性の姿」を示すにせよ、物語全体を受けているにせよ、結末の一文でそれらが「お醫者の奥さん」による仮構ではなかったかと暗示されているのであり、そうであれば「お醫者の奥さん」は「私」の物語る過去に秩序を与えている存在となる。「滿願」では「お醫者の奥さん」に全文を企投することによって、小説が成立する。ここで描かれようとしているのは、言葉では説明し得ない領域だ。言葉の当てはまらない事象を瞬間的に言葉で掬い取ろうとする。その語り得ないものが、鮮明に浮かびあがり、くるくるっと回転する白いパラソルの輝きと躍動感で表象される。

この「滿願」と同様な「いちじるしい白」[*18]が「道化の華」においても、恢復に向かう葉藏に「蘇生の思ひ」をさせるものとして以下の場面に描き込まれている。

海は凪いでゐた。まひるの日を受けて、白く光つてゐた。（中略）季節はづれの白いパラソルをさして、二人の娘がこつちへそろそろ歩いて來た。
「発見だな。」葉藏も蘇生の思ひであつた。（中略）
三人は、ほの溫い海風に吹かれ、遠くのパラソルを眺めつつあるいた。
はるか療養院の白い建物のしたには、眞野が彼等の歸りを待つて立つてゐる。ひくい門柱によりかかり、まぶしさうに右手を額へかざしてゐる。（傍点引用者）

ここでは、海が光をうけて白く光り、白いパラソルが咲き、それに導かれるように歩いて行くと、白い治療院の下に、日の光を受けて「まぶしさうに」する「ほたる」こと真野がいる。

この「道化の華」の引用箇所は、「滿願」の結末の「いちじるしい」白の変奏《ヴァリアント》とも考えられる。「滿願」においては朝の清潔な光のもと、白いパラソルが「美しく」光り輝く。それは「私」にとっても「満願」を意味し、「蘇生」を告知する光であったはずだ。「道化の華」では「蘇生の思ひ」が描かれながら、しかし「満願」のようには「美しく」光り輝いてはいない。「満願」と比すれば、「道化の華」のこの場面には、「いちじるしさ」が不足している。「満願」での「お醫者の奥さん」とは異なり、「看護婦」である真野が担うのは「恢復」だけではない。彼女は、葉蔵の真下、北西の隅で怪談を語り、そして決して癒えない傷を有する存在でもあるのだ。

7
癒される傷と癒されぬ傷

本作には日の光を受けて光る白のほかに、もうひとつの「白」がある。それは雪の白だ。雪は水の結晶であり、水は作品内で霧や霜など、様々に姿を変える。結末で真野と葉蔵が裏山を登る場面では「裏山には枯草が深くしげつてゐて、霜がいちめんおりてゐた。／真野は両手の指先へ白い息を吐きかけて温めつつ、はしるやうにして山路をのぼつていつた」と白が強調される。すぐわきには「白いテントの小屋」まである。かようにして登った丘から海を覗き見る場面で「道化の華」はその語りを終えるのであり、本作は水にまつわる小説とも言える。

冒頭から園を水に沈めたとの告白から始まり、その場面は「悲しみ」と形容される。そして、大場葉蔵が雨に煙った沖をベッドのうえで眺めているとされる。この苦しいまでの湿度に留意することは、作品の読解に（特にフィナーレとも呼べる後半部分において）欠かせず、また彼が見ている沖から届く波の音に耳を澄ますことも無駄なことではあるまい。その黙《しじま》を揺らす波は、登場人物の耳にも——意識されていなくとも——常に聞こえているはずの音なのだ。

葉蔵は三日目を迎える暁、波の音が耳につき、寝付けないと言う。波は彼と園とを呑みこむ死者の世界から聞こえるざわめきを意味するが、彼がその死を対象化できない以上、それは確かな言葉の輪郭をなさない、ざわめきのレベルに留まっているだろう。真野は葉蔵の気分転換にと頼まれて、自殺を謀った青年の逸話を話し、そこには魂を象徴するかのような生きながらに甲羅の赤い蟹が登場する。ここで作品内に集う、おぼろげな死の概念は、真野が「つくり話」として語った「蟹」として焦点を結ぶ。または、こういう形でしか、焦点を得ることができない。そして、そのとき葉蔵が胸に浮かべているのが幻想化され、美化された園の幽霊の姿なのだ。

東や白が強調されていた食堂にある「東南」のテエブルと、怪談話が生み出される「西北」の草に囲まれた寝所の対置を思い出せば、そこで対比されているのは、青年とおとなではなく、癒される傷（癒えていく傷）と癒されぬ傷なのではないか、と思い至る。恢復する力と死の欲動とも言い換えられよう。ここで、葉蔵の頬にあった白いガアゼの存在と、彼が道化ながらそのガアゼを気にしていた行為を想起してもよい。もしも、青年とおとなが対立するように見えるのならば、おとなは癒えぬ傷をないものとし、葉蔵の傷を癒えるものと見做そうとするからではないのか。「こんどの事件は事件として」「お前も、ずつと將來のことを考へて見ないといけないよ」と兄は言い、「これからはほんたうに御勉強なさるやうに」と医院長は言う。彼らにとって罪は、刑罰的な倫理的な罪であり、原罪に至るものではない。その意味で取り返しがつく。

既述のように、「満願」においては「お醫者さんの奥さん」は物語に秩序を与える存在であったが、葉蔵の「眞実」の姿を見ていて、さらには葉蔵の「眞下」、西北の隅で、草に囲まれながら生きながらに赤い蟹の怪談話をする真野は、本作においてどのような存在なのであろうか。葉蔵の退院の決まった夜、彼女は自分が「ほたる」と呼ばれるに至った、その由来を語る。その由来とは、彼女が三歳の時に一生消えぬ傷を負ったからだった。

佐藤春夫が昭和一〇年六月一日に山岸外史に与えた親書の「ほのかにあはれなる眞實の螢光を發するを喜びます。恐らく眞實といふものはかういふ風にしか語れないものでせうからね」との評は、『晩年』の腰帯を飾る。「ほのかにあはれなる眞實の螢光」とは、真野の「眞」という漢字と「ほたる」という綽名を想起させる。しかし、真野が「ほたる」と呼ばれるのは、彼女が光を輝かせる存在だからではない。繰り返しになるが、そうではなくて、彼女が癒えない傷をもつ存在であるからなのだ。

「道化の華」には重心がある。その下へ向かう力のかかる先には、結末で示される海があった。その海の底には園が沈んでいる。葉蔵が沈めた園が。

それは、葉蔵の次元で言うならば、自殺幇助や左翼運動からの転向、左翼運動に関わる限り俎上にあげざるを得ない実家の問題、それらにまつわる「なにもかも」の罪を象徴しよう。結末の場面は、今一度、繰り返される入水の視線[20]であり、そこに〈死の欲動〉が読みとれる。「僕」の次元で言うならば、それは「書く」ことにまつわる罪を意識しよう。この重心によって、道化的な〈軽薄な〉語りは支えられている。本作は、「悪の華」ならぬ、「道化の華」をつくろうとする物語なのだ。三人称的な語りの失敗にも「ポンチ畫」であることにも「僕」は自覚的であり、その意味で「僕」の語りも、やはり道化的だ。この道化的な軽薄さが軽薄さで終わらないのは、この罪の重さがあるからなのではないか。そして、その語りは外部ではなく、内部に〈即自的に〉書くことの原因とその罪を求めようとしており、それこそが〈言葉の力〉となっている。

8　虹と水平線以前

「ここを過ぎて悲しみの市」という一文が掲げられる冒頭は、大庭葉蔵が「ベツドのうへに坐つて、沖を見てゐた」と説明される。この時、そのまなざしは「沖」を見ているのであり、水平である。それが、半ばに「ここを過ぎて空濛の淵」と変わる。「空濛」とは、「霧雨が降って、うすぐらいさま。ぼんやりと暗いさま」の意味であり、

「淵」とは、「水が澱んで深い所」あるいは「浮かび上がることのできない境遇」の意である。そして結末に至り、葉蔵は「はるかに海を見おろ」す、垂直の視点を獲得する。そこで、彼は、「ふかい朝霧の奥底」の「海水」を眺めるのだ。

結末の「東の曇つた空を指さした。朝日はまだ出てゐないのである。不思議な色をしたきれぎれの雲が、沸きたつては澱み、澱んではまたゆるゆると流れてゐた」とある、「この不思議な色」はやがて「木炭紙」とは異なり、虹のスペクトルとなるだろう。「大島の噴火のけむりが、水平線の上に白く立ちのぼつてゐた。よくない。僕は景色を書くのがいやなのだ」と言っていた彼であったが、直に朝日がのぼり、霧は晴れ、そして、水平線が拓けるだろう。その「眞下」、霧の「奥底」には決して癒えない傷があり、消えないがゆえに〈死の欲動〉が蠢く。それは、単なる「零」ではなく、充溢している闇であり、であればこそ、語りの力となる。

語りという道化の仮面が幾重にも剥がされては捨てられる様は、それ自体、一種の道化《コメディ》であるだろう。だが、それはつまるところ、無限に延長されるメタフィクションによって、語りの磁場の無力さ、空虚さを証明する試みではあるまい。そうではなく、むしろ狂騒的とも言えるほどの作品構成の茂みの中にある静寂を求めているのではないだろうか。その地点でこそ、彼は某かの事を語れると信じているのだ。それは、当時の「青年」の純粋なる魂を震わせる社会主義の正義や聖書の一節でもなければ、海の底から浮かんでは消える泡のような死者の語らいでもなく、そういった大いなる力に絡まれて均衡を保つ言葉である。作品上に書き続けられることのないその言葉を、その言葉が含みこむ罪の重さによって、我々は知り得るのではないか。

過剰に刻まれた言葉の断章は、この動力によってつなぎとめられ、渦巻きながら一篇の作品として体をなす。注意を向けるべきは各断章毎の性格や語りの種類《カテゴライズ》や切れ目ではなく、この重力によって断章が歪像化される、その様ではないか。そして、本作はその傾きを感じさせることで、同種の「青年たち」の魂を惹きつけよう。

「そして、否、それだけのことである」。葉蔵は、「僕」は、霧の奥底に海を覗きこむ。今まで、彼がおぼろげに耳にしていた、作品空間に鳴っていた海の黙《しじま》。もしもその響きが声にならない死者たちのざわめきであるならば、語りはこの特異的な地点において、空間のパースペクティヴを拓いたのかも知れない。それは、例えば、ドストエフスキーの短編において、「ホボーク」という音を絶えず耳にしていた青年が、葬儀で墓地の下で取り交わされている腐りかけた死者たちの語らいを聴く事態に似ているかも知れない。あるいは、部厚い雲に覆われた空を引き裂く光がその海面を突然に（「ヴィヨンの妻」の光のように）照らしたかも知れない。ところが、「道化の華」の語りは、上にも下にもその存在の根拠を求めずに留まり続ける。

「否」という語が様々な意味を吸収し、反転した黒い光のようにギラリと光る。そこはまた彼が今足を踏み入れた「空濛の淵」であり、承認を求め得るべき純粋な闇であり、存在の根拠となる。つまり、作品の冒頭へと、心中へと再びループするこの地点で、我々は、無根拠なまま（依然、何を承認するのか判然としないまま）、三度繰り返される言葉を聴く。そして。そのことによって、語りの言葉が承認を授かるのだ。だが、この承認への強い願いは、主イエスに予告された如く、三度「否」と答える自身の罪の重さを夜明けの荒野にて嘆く、ペテロの祈りに近いのではないだろうか。

注

＊1　長野隆「詩における〈かたり〉――太宰治から中原中也へ」（「昭和文学研究」二六集、一九九三・二）、「〈うた〉と〈かたり〉の思想――太宰治と中原中也――」（「芸術至上主義文芸」二三号、一九九七・一二）。後、『抒情の方法――朔太郎・静雄・中也』（思潮社、一九九九・八）

＊2　その意味で、長野隆の前掲論文に「〈正〉でもなく、〈反（負）〉でもないように、揺れ」とあるのは正鵠を射てい

る。

＊3　跡上史郎「『道化の華』の方法」（「文芸研究」一三五号、一九九四・一）

＊4　中村三春「『道化の華』のメタフィクション構造」（「日本文学」三六巻一一号一九八七・一）後、（『日本文学研究大成太宰治』国書刊行会、一九九七・一〇）

＊5　平浩一「市場の芸術家の復讐――太宰治『道化の華』論――」「文藝と批評」九巻二号、二〇〇〇・一一）。「道化の華」において、太宰は、「ここを過ぎて悲しみの市」と漢字をあてた。当時、「神曲」の該当部分の翻訳としては「うれひの市」「憂の都」「悲哀の府」など、「市」のほかに「都」や「府」などがあったが、「道化の華」では「市」との言葉を使用している。このことは、同氏が注目する、本文中の「市場」という語彙に照らしても示唆深い。

＊6　彼女が拾う「ボヴリイ夫人」の一節「エンマは、炬火の光で、眞夜中に嫁入りしたいと思つた」は、冒頭の、夜半に漁船が赤い火影を灯して園を捜索する場面の形象と不思議に照応する。彼女が入院しているのは、「苔のある濡れた石垣」のある部屋とされ、「女のことで自殺を謀つた青年」が収容され、死んだ夜に「赤い小さな蟹」が出現した部屋だ。

＊7　蟹は聖書的な世界においては蛇同様に地を這う生き物であり、脱皮を繰り返すことから再生を象徴し、太宰作品にもよく現れる。本作において大事な点は、蛇とは異なり蟹が「水陸両用」である点であろう。

＊8　石井和夫「怪談のように――太宰治のスタイル」（「香椎潟」四七号、二〇〇一・一二）には「蟹は小なりと言えど、「いのちかけて争」う者の比喩であり、それも多くは男の比喩であり、何より作家の生の表象で、そこに哀傷がつきまとう。だから、あの「道化の華」の小蟹も死んだ青年の情念と写るのである。」とし、また「〈背後の物音の恐怖〉の対象が時に『死神』であり、時に隣の女であることも不思議ではない」とする。筆者は、「死んだ青年の情念」とまで一般化してとらえないが、生と死、癒える傷と癒えない傷についての内容を含む本作において、この「生

きながらに甲羅が赤い」蟹とは瑣末な小道具《ガジェット》ではないだろう。葉蔵の傷は癒え、そのなおっていた傷は、「かさぶたさへとれて、ただ赤白い斑點になつてゐた」と表現される。

＊9　山﨑正純はこの場面について「語ってからそれを再読するまでのタイムラグがなくなり、〈僕〉も語りながら、葉蔵と真野とともに息を切らして裏山を登っているかのような臨場感がある。頂上の様子は見えるがままに描かれているように見え、言葉は作者の主観や読者の期待の地平のいずれにも加担することのないリアリズムを実現している。〈僕〉の語りの八方塞がりからの、決定的な転回がなし遂げられたことによる、これは一つの達成である。／そして葉蔵もこの裏山の頂上で、告白＝道化の閉じられた回路から、表層／深層の対立的論理の彼方へと転移し得たのであった」と指摘する。（「表層論・『道化の華』――語りの変容――」（「女子大文学国文篇」四六号、一九九五・三）後、（『転形期の太宰治』洋々社、一九九八・一）

＊10　実在の地形と物語の舞台については、三谷憲正「太宰文学と〈鎌倉〉」（『二十世紀旗手・太宰治――その恍惚と不安と――』（和泉書院、二〇〇五・三）などに詳しい。

＊11　本文に「寵愛の鳥、梟を黄昏の空に飛ばしてこつそり笑つて眺めてゐる智慧の女神のミネルヴに」とあるのは、ヘーゲルの「法哲学概論」（Grundlienien der Phirosophie des Rechts, *G. W. F. Hegelwerlce in Zwanzig Bänden*, F. Suhrkampverlag.）にある、「ミネルヴァの梟は彼の飛翔を黄昏に始める（Die Eule der Minerva beginnt erst mit der einbrechenden Dämmerung ihren Flug.）」を想起させよう。このようなヘーゲル哲学は、本作品が「日本浪曼派」に掲載されていること、そして太宰が作品の屹立においてドイツロマン派の影響を強く受けていることを思い起こさせる。また、後に本稿で触れるように、本作は快復と太陽の東から昇っていく運行とが重ねられて展開されているため、「黄昏」との語は看過できない。大庭葉蔵が似ているとされる神が女神であることも意味深い。

＊12　ちなみに、兄の年齢は三十四歳である。

＊13　渡邊浩史「『道化の華』の一つの引用——ダンテ『神曲』「地獄の門」銘文引用に関する翻訳の問題点——」「仏教大学院紀要」三一号、二〇〇三・三）

＊14　アンドレ・ジイド『ドストエフスキー』（武者小路実光・小西茂也訳、日向堂、一九三〇・一〇）後、『ジイド全集』第九巻、金星堂、一九三四・四）

＊15　第一創作集『晩年』の巻頭を飾る「葉」はいくつかの断章により構成された短編であり、冒頭の「死なうと思つてゐた」から跋文の「どうにか、なる」まで、対照的な意味を有する言の葉が、葉っぱがその裏表をみせてひらひら流れおちていくかのように反転し、小説を形づくる。該作品でも葉と言葉とは重ねられる。また、「葉櫻と魔笛」では「せめて言葉だけでも、誠實こめてお贈りする」と宣言された「手紙」のとおり、それが焼却されてしまってもなお「葉櫻の奥から」不思議な音が聞こえてくる。

＊16　初出における「波」と「浪」の使い分けは、初版にあって「浪」に統一されている。

＊17　掛井未知江は「『道化の華』試論——軽薄なまでに表面的であることの権利」（「繍」九号、一九九七・三）で、「〈芸術〉と〈生活〉が単純に分離できないということは、〈青年〉と〈大人〉との境界のあいまいさにつながる。だからこそ〈青年〉と〈大人〉は細かく読めば意識的に多層化されているのである。（中略）〈青年〉たちの中でももっとも〈大人〉に近いのは飛驒である。特に、飛驒と葉蔵の兄との類似は明らかで、飛驒は兄とともに心中事件の後片付けのために警察へ行き〈大人〉としての役割を果たすが、警察の訊問に対して両者の答弁は符合する。また飛驒は「兄の着物を借りて着てゐ」る。服装にこだわりを示す太宰作品の性質を考えるならば、ささいな事と見逃すわけにはいかず、兄と飛驒との類似性を意識したゆえの表現だろう。飛驒と兄がともに太っていることも偶然ではあるまい。飛驒は「二人の友だちからだんだん遠のいて行くおのれのしなびた血」をはつきり感じてもいる。一番若い小菅でさえも、葉蔵をふびんの思う「おとなの感情」をもっている」と指摘している。

＊18　太宰文学における「いちじるしさ」と無表象の光あるいは水については、拙著『虹と水平線——太宰文学における透視図法と色彩』（おうふう、二〇〇九・一二）を参照されたい。

＊19　原研哉は「日本の伝統色における白は、古代に生まれた四つの色の形容詞のひとつ「しろし」に由来する。しろしとは「いとしろし＝いちじるし」であり、顕在性を表現している。純度の高い光、水の雫にたたえられる清澄さのようなもの、あるいは、勢いよく落ちる滝のような鮮烈な輝きを持つものなど、いちじるしきものの様相は、変転する世界の中にくっきりと浮かび上がる。そういうものに意識の焦点を合わせ、感覚の琴線を震わせる心象が「しろし」である。それを言葉で捕まえ、長い歴史の中でひとつの美意識として立ち上がってきた概念が「白」である」と書く（『白』中央公論社、二〇〇八・五）。

＊20　鈴木雄史は「『道化の華』の仕組みについて」（「語文論叢」一六号、一九八八・一〇）のなかで、結末について「心中の疑似的再現をしていた」として、「海を足下に見た後、水中におちていく肉体の感覚が、想像力のもがき、あてどなさに変換されて「読者」に伝えられている」と指摘する。

生贄を求めて、ぽっかり口を開ける〈作家〉――「斷崖の錯覺」

1

フラグメント自意識小説とも呼びうるような断片性の強い「実験」的小説。既成の物語（実在した女性の日記も含む）の枠組みを借りた豊穣な「物語り」小説。共に太宰文学に見られる作品群だ。前者はその殆どが、第一創作集『晩年』所収の作品に集中しているため、前者から後者への変化は、従来は作家の実生活における変遷と結びつけて論じられ、最近では文芸復興期の文壇状況のかかわりからも考察されている。そのような先行研究の成果を踏まえつつ、本稿で試みたいのは、何故、変化したのかという原因究明の手つきではなく、作品のどのような点が、読者に如上の変化を読ませるのかを考えるための作品分析である。

両者の内容がまったく変わっているかと問えば、答えはもちろん否だ。両者の作品群には一貫して、小説（の生成）を小説で描く、いわゆるメタ小説が散見する。そして、その小説を語るのが「私」である場合――もちろん、それは作者太宰を彷彿とさせる「私」である必要は全くない――小説の生成は不可避的に「私」に関わる。「実験」的な断片性の強い作品は、作品内で小説を完成させることで、それを語る〈私〉を立て上げることを目的とはしていない。その断片性からも十分に窺えるように、寧ろ、文章を細かく切り刻むことによって、言葉で〈ロマンス〉化[*1]されることを逃れる、剥き出しの「私」という空所を、逆説的に言葉によって触知させようと試みていると言えるだろう。

藤原耕作は「太宰文学的『私』の『流動性選好』の強さは」「『水』の持っている文字通りの流動性への『私』のこだわりの強さと、やはりつながりあっている」と指摘している。[*2] 確かに、太宰作品では、水の変化が〈私〉や〈小説〉の様相とともに描き込まれている例を多く見出せる。その中にあって、本節で特に注目したいのは〈雪〉である。水の流れが小説の生成と結びつくならば、水の固まった雪が小説を構築する言葉のアレゴリーとして登場しても何ら不思議はない。そうして、太宰作品において〈ロマンス〉化は降雪と重ねられる。

「めくら草紙」（一九三六・一）を見てみよう。「めくら草紙」は、〈小説〉の完成を「この水や君の器にしたがふだらう」という形で目指し、水に擬えられた言葉が収斂して「器」（本稿で呼ぶところの枠組み）に収まっていく様態と、その枠組みから逃れていく様態とが表現された作品である。例えば、「私」が語る「私小説」の枠組みは、実はマツ子によって筆記されていたと暴露されることで、「私小説」の枠組みを逃れていく。口述筆記をしていることからも明らかなように、マツ子は〈小説〉を写し込む存在であった。マツ子がいることで「私」の存在も、その枠組みが暴かれる。それは「私」の「鼻先」につきつけられる花壇として表象する。本節では、その花壇が出現する直前の描写に留意したい。

　毎夜、毎夜、萬朶の花のごとく、ひらひら私の眉間のあたりで舞ひ狂ふ、あの無量無數の言葉の洪水が、今宵は、また、なんとしたことか、雪のまつたく降りやんでしまつた空のやうに、ただ、からつとしてゐて、私ひとりのこされ、いつそ石になりたいくらゐの羞恥の念でいたづらに輾轉してゐる。

引用箇所では、「言葉の洪水」が「舞ひ狂」わない状態、つまりは、言葉によって語られない状況が、「雪のまつたく降りやんだ」と表現され、言葉は「雪」として示されている。そして、言葉で表わされることを逃れたむき出しの「私」が、「石」と類比されて浮かび上がっている。引用箇所の直後に登場する花壇は、言葉が逃れ出た後の空所としての「私」の枠組みを露わにする。

一方で、「雪の夜の話」（一九四四・五）では、小説を語る「私」（しゅん子）が、現実の雪の景色を「私」のなかに取り込む瞬間が、「亂れ狂つて舞つて」いる「雪」と共に描かれる。「私」（しゅん子）は、嫂のためにスルメを土産にしようと持ちかえりながら、帰途で落としてしまう。そこで、スルメの代わりに雪景色を自分のなかに写し込んで持ち帰り、嫂に見せてあげようと考える。この目論みは、しゅん子の兄である「お孌人」の小説家によって教えられた「ロマンス」を根拠としている。それは、死んだ「水夫」の網膜に、最期に見た景色が写り込んでいたという内容で、「私」（しゅん子）は、この「ロマンス」に倣い、自分の網膜にも雪景色を取り込もうと考えたのだ。現実の雪景色が「私」（しゅん子）の眼によって、「おとぎばなしの世界」として立ちあがる場面は以下のように描かれている。

白い雪道に白い新聞包を見つける事はひどくむづかしい上に、雪がやまず降り積り、吉祥寺の驛ちかくまで引返して行つたのですが、石ころ一つ見あたりませんでした。溜息をついて傘を持ち直し、暗い夜空を見上げたら、雪が百萬の螢のやうに亂れ狂つて舞つてゐました。きれいだなあ、と思ひました。道の兩側の樹々は、雪をかぶつて重さうに枝を垂れ時々ためいきをつくやうに幽かに身動きをして、まるで、なんだか、おとぎばなしの世界にゐるやうな氣持になつて私は、スルメの事をわすれました。

「めくら草紙」とは対照的に、「雪」は「亂れ狂つて舞つて」いて、「私」にはまるで蛍のように「きれい」と思われる。その中にあっては「石」一つ見当たらない。「雪の夜の話」では、世界が〈ロマンス〉化される瞬間が描きだされ、更にしゅん子の眼を利用して世界を立てあげる機構が小説化されている。

さて、断片性の強い「めくら草紙」と、いわゆる女性独白体（「女語り」）と呼ばれる形式に数えられる「雪の夜の話」を、〈ロマンス〉と〈雪〉と〈私〉に焦点を絞って見てきた。これを踏まえて、「『断崖の錯覚』を反措定としながら、太宰は彼なりの『純文学』概念を獲得していった」と指摘される[*3]異色作「斷崖の錯覺」も視野に入れて論じてゆきたい。

2

「斷崖の錯覺」（一九三四・四）は黒木舜平と署名された作品だ。署名は異なるものの、身体的には太宰治と名乗った作家と同一人物による執筆と考えられている。[*4]

この小説では「大作家」になることを諦めながらも、「大作家」になることを「渇望」する「私」が、「ある新進作家」を名乗り、その嘘が発覚するのを恐れて殺人を犯す物語が語られている。松本和也が「「断崖の錯覚」とは、メタ・フィクションと呼び得ようし、〝書くこと〟を営為とする「私」――人はそれを〈作家〉と呼ぶだろう――が誕生するまでの物語なのだ」とするように、[*5]やはり〈私〉と〈作家〉をめぐるメタ小説であるとも指摘しうる。

「めくら草紙」と比較しておくならば、「めくら草紙」には、「私」が「首尾のまつたく一貫した小説に仕立ててやり」「もし友人が、その小説を讀み、『おれは君のあの小説のために救はれた。』と言つたなら、私もまた、なかなか、ためになる小説を書いたといふことにならないだらうか」と考えながらも「もう、いやだ」と小説を書く事を放擲する場面がある。対して「斷崖の錯覺」には、「私」が新進作家の名義で書いた「傑作」であるはずの「ロマンス」が、「これを破ることで君に自信をつけてやりたい。君を救つてやりたい」と「私」によって、ぴりぴりと引き裂かれる場面がある。

また、「雪の夜の話」では、雪を被った木（白い木）を契機に、目を通して雪景色を〈ロマンス〉化するしゅん子が視点人物だ。それを念頭におくと、「斷崖の錯覺」の署名が「黑木舜平」（雪を被った木ではなくて、黒い木。瞬から目を除いた舜）であることが興味深く眺められてくる。

「喫茶店の少女をちら〳〵盗み見するのにさへ」「決死の努力を拂」うくらい「內氣な臆病者」のために「大作家」になれないと諦めた「私」は、海岸の温泉地の旅館に「ある新進作家」の名前を騙って逗留し、そこにある喫茶店で「少女」と懇意になり、彼女を断崖から海へと突き落とす。「海岸の溫泉地」であるから、当然ながら「私」が朝、湯殿へ向かう場面や、自身の「狂態」を「湯槽にからだを沈ませて、ばちやばちやと湯をはねかへらせて」反芻する場面などが描かれる。加えて、「私」と懇意になる「少女」の勤める喫茶店の名前は「いでゆ」であるし、彼女と「私」が旅館に入るのは湯殿からだ。そして、決定的なことに、海へと突き落とされることとなる、その「少女」の名前は「雪」なのだ。[*6] ここでもやはり、〈私〉をめぐる物語（生成の物語）が〈雪〉と共に展開している。

物語内容に即して言うならば、雪は海へと落ちれば溶けてなくなる。かような消失の想念を「雪」という名前は、うまく体現している。

以下に、「雪」が海へと突き落とされる「完全犯罪」を語った小説である「斷崖の錯覺」を、〈私〉と〈作家〉そして〈ロマンス〉に注目しながら論ずる。

3

本作は「その頃の私は、大作家になりたくて、大作家になるためには、たとへどのやうなつらい修業でも、またどのような大きい犠牲でも、それを忍びおほせなくてはならぬと決心してゐた。大作家になるには…」（傍点引用者、以下同様）と始まっており、冒頭から「大」という文字が繰り返されている。「大作家」になる素質は持っていないと「絶望した」「私」であるが、「私」が滞在する旅館もまた「大」に彩られる。床に飾られてあるのは「大觀」の軸であり、部屋を案内した「女中」は「大きい眼を光ら」せる。留意せねばならないのは、「女中」が「大きい眼を光ら」せたのは、「私」が「ここでは、おちついて小説が書けさうです」と言ったためである。そもそも、彼が「大觀」の軸がかけられた部屋に通されたのも、「ひとかどの作家」然とした「身なり」が「ものを言つた」からだ。「私」は「あれはなんです」と「女中」に問い、わざわざ「大島」と答えさせてもいる。「大」の符牒は、「私」が〈作家〉とその行動を一致させるのを示すかのようである。彼は「大雑誌」に売れるはずの小説を書き、「いままでいちども經驗したことのない大事件に遭遇」し、そこで演じる「狂態」は「大失敗」と呼ばれる。

「大作家」になるために必要な「戀愛」経験ももたず、「喫茶店の少女をちら〱盗み見するのさへ」「決死の努力を拂」い、「隅田川を渡り、或る魔窟へ出掛けて」も「立ちすくんで了つた」はずの「私」に、「喫茶店」で「少女」を相手に酒をのみ、昵懇の間柄になるのは不可能なはずであり、「雪」と関係を持つ「私」は、もはや見事に〈作家〉に成り果せていると言える。[*7] そもそも、「雪」への「私」の初恋も、作家を騙った「私」が原稿用紙に書いてみせた小説の題目「初戀の記」が先行し、それが「いま現實になつて私の眼の前に現はれた」とされていた。「私」は〈作家〉の欲望を見事なまでに満たしていく。そうであればこそ、「私」に一方的に名前を騙られただけでまったく関係がないはずの「新進作家」が、「私」が「雪」を海へと突き落とした後、「いまや、ます〱文運隆々とさかえて、おしもおされもせぬ大作家になつてゐる」と書かれているのだ。

「私」が旅館で部屋に案内されたとき、何故、我知らず「今月末が〆切なのです。いそがしいのです」と呟いてしまったのか。その理由を「私」は次のように書く。

私がその頃、どれほど作家にあこがれてゐたか、そのはかない渇望の念こそ、この疑問を解く重要な鍵なのではなからうか。

これはかなり持ってまわった表現だ。「私」の言動の原因は、〈作家〉になりたい「渇望の念」そのものにあるのではない。「渇望の念」は「疑問を解く重要な鍵」であるとされているのだ。この文章は、「私」が〈作家〉にあこがれていたから〈作家〉のように振る舞った、とは違った意味合いを含んでいる。「私」が〈作家〉の振る舞いをしたのは何故か。その答えは「渇望の念」ではない。「渇望の念」はそれを解く「重要な鍵」なのだ。この表現を厳密に受けとめ、〈作家〉になりたいと思って〈作家〉であるかのように振舞うのと、〈作家〉の欲望をわがものと区別できずに「私」の欲望であるかのように行動するのとでは、似て非なる状態であることには注意しなくてはならない。

題名に示された「錯覚」とは、事件を目撃する「きこり」が、「斷崖が高すぎた」ために、「一瞬にして、ふたつの物體が、それこそ霞をへだて丶離れ去り得る」「不思議」を解け得なかった「錯覚」であると共に、「私」は自分自身の欲望と思って行動していたが、実は全部〈作家〉の欲望に従った言動であった、という「私」の「錯覚」をも意味しているのではないか。[*8] であればこそ、「私」は犯人として捕まることはないのだ。目撃証人者であるはずの「きこり」も、「私」を犯人とは思えない。何故なら、その欲望の主体は「私」ではないから。

殺人行動の動機《きっかけ》は、「雪」が引用する、「或る新進作家」の小説「花物語」の言葉であつた。「私、判るわ。いやになつたのねえ。あなたの花物語といふ小説に、こんな言葉があつたのねえ。一目見て死ぬほど惚れて、二度目には顔を見るのさへいやになる、そんな情熱こそほんとうに高雅な情熱だつて書かれてゐたわねえ」。この言葉を耳にした「私」は、あくまでも、その新進作家をよそはねばならなかつた。そこで、「雪」を押す。いわば、「雪」は「花物語」に殺されたのだ。

そして、もっと言うならば、「斷崖の錯覺」では、「私」とは別の、〈作家〉というものの主体を描出することに成功している。

4

「斷崖の錯覺」では、「雪」が落とされる直前に「すぐ足もとから百丈もの斷崖になつてゐて、深い朝霧の奥底に海がゆら〳〵うごいてゐた」と海が描写されている。この描写は、「道化の華」の末尾の「葉藏は、はるかに海を見おろした。すぐ足もとから三十丈もの斷崖になつてゐて、江の島が眞下に小さく見えた。ふかい朝霧の奥底に、海水がゆらゆらうごいてゐた。／そして、否、それだけのことである」を想起させずには置かないであろう。前者のほうが後者よりも三倍近く高いはずなのに、後者のほうがずっと高低差があるように感じられるのは表現の妙である。「道化の華」でも、作品内で〈水〉が（「斷崖の錯覺」より複雑な形で）循環している。

「道化の華」に見られるこの海の描写は、心中に失敗して生き残った大庭葉藏が、療養院に収容され退院するまでの恢復を描いた作品でありながら、死の欲動によって作品が突き動かされていたことを明らかにする。そして、「斷崖の錯覺」でもやはり、「私」は「私」の「渇望の念」ではなくて、「私」が「渇望」した〈作家〉の欲望によって突き動かされていたことを知るに至る。


雪は、なにかの話のついでに、とつぜん或る新進作家の名前で私を高く呼んだ。私は、どきんと胸打たれた。雪の愛してゐる男は私ではない。或る新進作家だつたのだ。

「私」は、それまでもずっとその「或る新進作家」の名前で呼ばれ続けていたはず（「雪」に「私」が「私」の名前で呼ばれたことなど一度もない）なのに、なぜか、この結末部分で突然に、「私」は、「私」ではなくて「或る新進作家だつた」と気づく。そして、「私」は「雪」を海へと突き落とす。別に殺さずとも「後から連絡する」と言って東京に戻り、そのまま姿を消してしまえば逃げ遂せただろうに（「私が本名を言はずに、他人の名前を借り」ている状況は滞在の最初からずっと変わらない。警察に捕まらないのであれば、「雪」にも捕まらないだろう）、それでも「私」は敢えて「雪」を海へと突き落とす。何故なら「雪」が愛していたのは、「私」ではなく〈作家〉だったから。霧の奥底でゆらゆら動く「海」では、〈作家〉が口をぱっくりと開けて待ち受けている。「私」は〈作家〉へと〈作家〉を愛する〈雪〉を捧げる。[*9]

一方の「道化の華」に目を転じると、結末近くの海の描写が――類似点が見られながらも――決定的に異なるのは、雪の残るなか断崖へ一緒にあがり、海を見下ろす女性（真野）は、――「斷崖の錯覺」で「私」に「雪」がされたように――突き落とされることはない（突き落とされる場面は描かれない）点だ。結末で読者は「ふかい朝霧の奥底に、海水がゆらゆらうごいてゐた。／そして、否、それだけのことである」と見せ消ちの動作を見せられるばかりだ。真野の綽名は「雪」ではなく、「ほたる」である点も異なる。[*10]「道化の華」の海には、冒頭で「僕」が「この手もて」「水にしづめた」と記されている「園」が死んでいる。彼女と心中を図った「私」が死のうと思った場でもある。そこには死者が蠢いている。結末の描写は、心中が再現されるのではないかとの危惧さえ抱かせる。海鳴りは死者の囁きだ。そこには確かに死の欲動があり、「道化の華」という小説はそれによって生成されてもいる。

5

〈ロマンス〉と〈雪〉に話を戻すならば、「斷崖の錯覺」は、探偵小説という枠組みを借りながら、しかし、〈ロマンス〉化には失敗している。その意味では、明確に分類する必要はないが、「斷崖の錯覺」は「実験」的小説のほうにより近い。但し、「私」とは別の〈大作家〉の主体とその欲望を描出することには成功している。

最後に、今後の課題として注目したいのは、植物だ。「斷崖の錯覺」でも、「私」が逗留する旅館は「百花樓」であり、「私」が騙る「或る新進作家」の作品名として「花物語」が挙げられ、またその温泉地は「紅葉」が遊んだ地とされていた。「道化の華」に登場する人物は、真野、園、大庭葉蔵とそれぞれ植物を想起させる名前を担っている。そして、「めくら草紙」のマツ子に含む植物名や本節でも触れた花壇や花壇に挿された白い札にある植物名群なども ある。これら、太宰文学に見られる植物については「自然」を視野に入れながら稿を改めて論じたい。

注

＊1　太宰作品にはこのような意味を有する「ロマンス」という語が見られる。例えば「二十世紀旗手」の「言葉なきロマンス」。この作品では、言葉で書くことのみならず、字義に従い、恋愛に関する事柄・恋物語へと波及する。「二十世紀旗手」については、拙稿「二十世紀旗手」(『虹と水平線』おうふう、二〇〇九・一二)も参照されたい。あるいは、「富嶽百景」の「興あるロマンス」。また、本稿で取り挙げるように、「雪の夜の話」では、「私」(しゅん子)が語る、自分のなかに雪景色を取り込む行為の根拠として、ある「ロマンス」が示されている。

＊2　「貨幣としての私――太宰治『斷崖の錯覺』を中心に」(「日本文学」四八巻一二号、一九九九・一二)

＊3　平浩一「太宰治と『通俗小説』——黒木舜平『断崖の錯覚』の秘匿について——」（『早稲田大学大学院文学研究科紀要』五三輯、二〇〇八・二）。同論ではまた「断崖の錯覚」は、形式においては《ゆるぎなき首尾》を《完備》した、《形式的完成》をもつ小説に他ならなかった。この点こそが、一旦成立した《形式的完成》を敢えて《切りきざ》んで壊し、《首尾ととのった「小説らしい小説」の否定》を果敢に実践した「道化の華」や、他の《実験的小説》との大きな相異であった」と指摘される。確かに「断崖の錯覚」は「形式的」には首尾の整った作品と言えるだろう。だが、内容的に見てみるならば、「道化の華」の結末で口を開く海の示す「死の欲動」（これが作品を突き動かしている）と「断崖の錯覚」の〈作家〉の欲望が口を開けているかのような海（これが「私」を突き動かしている）とは共通しており、「断崖の錯覚」は〈ロマンス〉化に失敗した作品とも評せる。

＊4　山内祥史「「断崖の錯覚」について」（『解釈と鑑賞』四六巻一〇号、一九八一・十）などの先行研究がある。

＊5　「騙られる名前／〈作家〉の誕生——黒木舜平（太宰治）「断崖の錯覚」」（『解釈と鑑賞』六九巻九号、二〇〇四・九）

＊6　太宰作品には、その他にも雪という名の人物が登場する。例えば、「八十八夜」（一九三九・八）。

＊7　藤原耕作は前掲論文で、「貨幣がまず流通することによって貨幣たり得るように、彼もまた「作家」として流通することで作家たろうとしているのである。」「『私』はまさに他の人々から『作家』として扱われることで『作家』となっていくのである」と指摘している。卓見である。但し、本稿は、「私」が「作家」に成りすまして、あたかも「作家」であるかのように振舞っているのではなく、〈作家〉に憑かれたかのように、いわば〈作家〉の欲望に突き動かされて行動しているとの観点から本作を論じている。

＊8　小松史生子は「太宰治、〈私〉と〈嘘〉と探偵小説」（『国語通信』三六三号、二〇〇一・一二）で「探偵小説に於ける不在証明《アリバイ》即ち同一人物が同時に離れた二カ所に出没することに対する合理的な説明請求が、〈断崖〉というモ

チーフと何故リンクするのか」を「見る／見られる」、「コミュニケーション」、「二重人格《ドッペルゲンガー》」などの「文学的共示性」に沿って明らかにし、「本作の〈断崖〉は、太宰文学特有の罪の自意識と共鳴させる語りの仕掛《トリック》けを潜在させる事態に、期せずしてなった」と指摘している。

＊9　花田俊典は、「〈断崖〉の表象――『断崖の錯覚』論――」（『太宰治研究2』和泉書院、一九九六・一）のなかで、「崖から突き落とされた『女』は、『浪さ打ちよせられてゐる』女へと変容する。自殺か、心中か、そういったもう一つの物語を生きる『女』へと変容する。『女』ばかりではない。『女』との関係において、『或る新進作家』の物語を生きる『私』も、こうして変容するのである」と述べている。

＊10　太宰作品において、〈ロマンス〉化が起こる際に登場する小物あるいは装置に〈雪〉のほかに〈蛍〉がある。蛍の青白くかそけき炎は更には狐火、陰火、燐光へと結びついてゆく。

失われし首を求めて――「右大臣實朝」

「右大臣實朝」（一九四三・九）は、総ての出来事が起こったあとに、近習（「私」）が昔を、特に実朝ついて回想して語るという形式を有する。そこで語られる実朝は、生前はあばた顔であり、殺害され、今は頭部さえなくなっているにも関わらず、あくまでも美しいものとして語られようとしている。まずは、その実朝の形容を確認してみよう。

将軍家の御胸中はいつも初夏の青空の如く爽やかに晴れ渡り、人を憎むとか怨むとか、怒るとかいふ事はどんなものだか、全くご存じないやうな御様子で、右は右、左は左と、無理なくお裁きになり、なんのこだはる所もなく皆を愛しなされて、しかも深く執着するといふわけでもなく水の流れるやうにさらさらと自然に御擧止なさつて居られた

〈神品に近い〉、時には〈まことに神品とは、かくの如きもの〉と評価される実朝の歌については、「さらさらと書き流して」と繰り返され、「湧いて出る泉のやうに絶える事なくお美事にお出來になつて」との表現も見られるため、〈水〉が流れる想念で示されていると理解される。実朝は人柄とともにその芸術性が俎上にのせられ、その際に〈水が流れる〉想念で形容が重ねられていることをここでは押さえておきたい。それが「自然」であると提示されていることも見逃せない。[*1]

実朝の詠む歌は、水の流れる形容と共に、「何もかもそつくり明白にそのお歌に出てゐる」「あからさまなほど素

直」であるとも評されている。天をそのままに写す水のように流れる言葉、それが「しらべは天然の妙音」と評される実朝の歌である。

次にあげる場面は、実朝一行が「一片の雲もなく清澄に晴れ」た日に、箱根を進発してすぐに峠にさしかかり、箱根の湖を眼下に臨んだ折のこと。

一片の雲もなく清澄に晴れて、あたたかい日が續き、申しぶんの無いたのしい旅が出來ました。箱根を進發してすぐに峠にさしかかり、振りかへつてみると箱根の湖は樹間に小さくいぢらしげに碧水を湛へてゐるのが眼下に見えました。

タマクシゲ箱根ノ水海ケケレアレヤ二クニカケテ中ニタユタフ（中略）

相模伊豆の國ざかひに、感じ易いものの姿で蒼くたゆたうてゐるさまが、毎度の事でございますが、不思議なくらゐそのまんま出てゐるやうに思はれます。將軍家のお歌は、どれも皆さうでございますが、隱れた意味だの、あて附けだの、そんな下品な御工夫などは一つも無く、すべてただそのお言葉とほり、それだけの事で、明明白白、それがまたこの世に得がたく尊い所以で、（中略）

人によつては、このお歌にこそ隱された意味がある、將軍家が京都か鎌倉か、朝廷か幕府かと思ひまどつてゐる事を箱根ノミウミに事よせておよみになつたやうでもあり、あるひは例の下司無禮の推量から、御臺所さまと、それから或る若い女人といづれにしようか、などとばからしい、いろいろの詮議をなさるお人もあつたやうでございましたが、私たちにはそれが何としても無念で私自身の無智淺學もかへりみず、ついこんな不要の說明も致したくなつてまゐりますやうなわけで、私たちは現に將軍家と共にそのとしの二所詣の途次ふと振りかへつてみたあの箱根の湖は、まことにお歌のままの姿で、生きて心のあるもののやうにたゆたうて居りま

して、（後略）

ここで注意されるべきは、歌は実朝の心の投影では断じてないと否定されている点である。京都か鎌倉か、朝廷か幕府か、あるいは御台所か若い女人かと悩んでいる実朝の心が詠まれているのではないのだ。実朝の心があって、それが自然に託されて和歌に詠まれるのではない。事態はその逆である。先に「感じ易いものの姿で」「たゆたうてゐるさま」があるのだ。そして、それを実朝が歌で「お現しに」なる（傍点引用者、以下同様）。それが青空をそのまま写す水、水をそのまま写す青空のような、実朝の「澄んだ御心境」「無心」の「胸中」（〝無心の心〟とは不思議な表現だ）でもある。*2

実朝は「いつも初夏の青空の如く爽やかに晴れ渡」っているかのような様子だが、物語が進行するに従い、その雲行きは怪しくなっていく。

＊

近習が回想して語るにあたり、その時の空模様を伝えるだけではなく、天候によってその出来事を象徴させる表現がある。実朝が尼御台と対談する快晴。次いで、半ばで実朝の信任も厚かった和田一族が滅亡する五月雨。そして、結末の実朝が討たれる雪である。

実朝と尼御台との対談は、わざわざ「あれは、五月のなかば、いいお天氣の日にございましたが」と語られ、「爽やか」な「初夏の青空」が示されている。そして、「私はそのとしの五月なかば、あのお天氣のよい日に、のどかに御物語をなされてゐた御母子の美しく尊い御有様を忘れてはゐませんでした」と後にも語り直されている。この「水際立つて罪が無」い「お二人の應酬」は、「あのお天氣のよい日」と天候と共に明示され、理想的な姿を伝える。

だが、和田一族が滅亡した夜には、五月雨が降る。この一連の事件を契機として、実朝の「お顔色がお曇りになつて居られるやうにさへ拝されました」とあり、実朝の顔にも「曇り」が見える（とされる）。和田一族が滅亡した夜、「小雨がしとしと降り出しまして」とあり、降雨となる。最終的に和田一族が全滅し、由比浦の汀で相州が頭部（顔）の実検をしているときに実朝は和歌を詠むが、その時の模様を近習は「五月雨がやまずに降り續き、どこからともなく屍臭がその御堂の奥にまで忍び込んでまゐりまして」と語る。この時のことは、後にも「あの、さみだれの降る日に、つぎつぎと討たれて消えた和田氏御一族郎黨の事は、さめても寝ても、瞬時もお心から離れなかつたらしく」と、改めて「さみだれ」と共に想起され、実朝の「お心」が測られている。

　そして、結末、雪である。『右大臣實朝』では、「廿三日、甲申、晩頭雪降る、夜に入つて尺滿つ。／廿四日、乙酉、白雪山に滿ち地に積る。／廿七日、甲午、霽、夜に入つて雪降る、積ること二尺餘」と、降雪、積雪が印象づけられている。引用元の『吾妻鏡』では、降雪、積雪の描写のほかに、廿三日は、「今日坊門大納言京都より下著す」云々と記述が続く。廿四日も同様に「今日坊門亞相營中に渡御」云々との記述が続き、廿五日にも雪とは別の記述もある。つまり、実朝最期の場面、建保七年四月の『吾妻鏡』からの引用部分は、出来事が書かれている部分は削除されていて、「降雪」のみが焦点化され、繰り返されているのだ。この雪のみの言説の繰り返しは、降雪が続き、雪が積もっている様子を眼前に浮かばせる。その積雪は、公暁が討たれる際には、「積雪を蹴散らし蹴散らし」、闘ったと書かれ、その白さを散らしている。[*3]この、そこら中に散らかる白は印象強い。

　付け加えるならば、白は、「白いお歯をちらと覗かせて笑ひながら申されました。」「例のやうに、白く光るお歯をちらと覗かせて美しくお笑ひになり」などと何度も実朝の歯として繰り返されている。痘痕を有する顔については一切触れられないのに対し、白い歯は実朝の存在証明《アットレビュート》であるかのように語られている。積雪が蹴り散らされ、実朝の頭部は斬りとられる。散らばる白い雪と散らばる実朝の白い歯が、イメージの韻を踏む。

＊

本作は、基本的には近習が実朝を回想する語りで構成されているが、その語りに破綻が見られる箇所がある。それは由比浦で近習が公暁に対面する時だ。回想形式であった筈の語りが「今夜は、なんでも正直に申し上げようと思つてゐたのでございます」などと現在形になっており、時制においても語りが破綻している。

そのうえ、公暁は、今まで近習が語り得なかった、見ようとしなかった事実を白日に晒す。実朝の顔について「人から見れば、あばたはあばただ」と暴露し、実朝を「氣が違つてゐる」と言う。永吉寿子は、この会見について、「この会見を語ろうとした瞬間、「私」（引用者注、近習を指す）は、冷静さを失い、過ぎ去った事として伝達する自分の立場を忘れ」ていると指摘し、本作は「実朝「白痴」説を覆すことが目的である「私」の実朝観をカモフラージュするために」語られているとする。[*4] 本論に即して言うならば、この由比浦の語りにより、「私」が一貫して実朝（とその顔）を「美しい」と語ろうとしていたのは、実際に実朝が美しく、それを伝えたかったからではないことが明らかになる。

実朝の顔には疱瘡が刻まれていた。しかし、近習はそれを「みんなその事には氣附かぬ振りをしてゐた」と直視しない。どころか、「皆の者にもいつのまにやら以前のままの、にこやかな、なつかしいお顔のやうに見えてまゐりました」とさえ語り、疱瘡が刻まれた顔は無かったかのように、実朝の顔は「以前のままの」美しい顔であるかのように扱われる。

だが、由比浦では、公暁は蟹を食べながら、「あばたはあばただ」「将軍家は、このごろ本當に氣が違つてゐるのださうぢやないか」と言い、「私は、ぎよつと致しました」と語られる。公暁は「人から見れば、あばたはあばただ」とその頭部を直視している。そして、〈美しい〉実朝を〈美しく〉語ろうとしていた近習の語りにおいて盲点となっていた、疱瘡が残る実朝の頭部が示される。

由比浦は、和田一族が全滅をし、「實檢」（頭部の検証）がなされた場所だ。『右大臣實朝』にも「其後、相州、行親、忠家を以て死骸等を實検せらる、假屋を由比浦の汀に構へ、義盛以下の首を取聚む」（「夜は由比浦の汀に假屋を設け、波の音を聞きつつ、數百の松明の光のもとで左衛門尉義盛さま以下の御首を實検せられた」）とある。また、そこには、渡宋を計画しながらも夢破れたことを象徴的に示すあの「唐船の巨大な姿のみ、不氣味な魔物の影のやうに眞黒くのつそり聳え立つてゐる」。「御計畫の頓挫」とは、直接的には「渡宋」を指すが、実朝にとって「渡宋」とは単なる物見遊山を示していたわけではない。「渡宋」には、それ以上の何かが託されていたはずだ。だがしかし、彼らは歴史の動きから逃れることは叶わなかった。夢は破れ、そのまま歴史に呑みこまれ、死へと大きく傾斜していく。ここでは、もはや船は快晴の青空に浮かぶことはなく、座礁してしまっている。

その船に住む蟹を公暁は「むしやむしや食べ」る。山田晃が「疱瘡によってかろうじて地上的な肉体を保証させたとみえる実朝の、夢のなきがらたる唐船が、蟹のすみかとなって公卿の野性を養う構造はおもしろい」と指摘している[*5]ように、ここで蟹を食べる行為は、象徴的な意味で実朝を食べることを意味するのだ。そうであればこそ、公暁に「食べなさい」と蟹を勧められても、「私」（近習）は「いや、とても。」と食べることができない。

> こんどは蟹の脚をかりりと嚙んで中の白い肉を指で無心にほじくり出し、（中略）
> 闇の中にひとり殘されて、ふと足許を見ると食ひちらされた蟹の殘骸が、そこら中いつぱいに散らばつてゐるのがほの白く見えて（後略）

公暁が蟹を食べる姿はとても生々しい。ほじくり出され、喰い散らされ、散らばる、ほの白い蟹の残骸。今一度、思いだそう。ここは、斬り落とされた首（頭部）が集められた場所であることを。そして、首（頭部）を公暁に斬り落とされた時、白い積雪が散らばっていたことを。そして、実朝の首（頭部）には、実朝の徴であるかのような白い歯がちらちらとしていたことを。実朝は公暁に討たれた。公暁は「物などまゐらせける間も、御首を放し給はず」と書かれ、物を食べるときも実朝の首（頭部）を放さない。その異様さは、由比浦で蟹をむさぼり喰う姿と重ねられる。

公暁と近習との対面は、語られた回想においてもひとつの頂点をなすが、それを語っている「今」においても、換言すれば、近習の語りにおいても決定的な意味をなす。

語りにおいて、近習「私」は、実朝を美化し、痘痕については語らない。それはなかったかのように、「以前のまの」顔とされる。痘痕のある実朝の頭部は語りの盲点であった。その盲点が公暁によって明らかにされる。のみならず、その頭部は公暁によって喰われていたということを、「私」は語っている「今」目撃したのではないか。

本文に「御首のありか知れざりければ、いかにせんと惑ふところに、」「その一すぢの御髪を御頭の代りに用ゐて、御棺に入れ奉り」と書かれていて、実朝の頭部（首）は実際、失われている。ここで、近習（「私」）は、「御首」（頭部）が失われていたのは、公暁が喰っていたからだと気づいたのではないか。近習は、失われた首を、痘痕が残る顔である頭部を、探し求めていた。それが盲点となって、それによって、語らされていた。そして、その頭部を見たのだ。それはおのれ自身の欲望を知ったことをも意味する。失われし首を求めて語ってきた自分の欲望は、それを象徴的に喰らう公暁、実朝の首を求める欲望と重なっていた、ということを。

＊

歴史に呑みこまれるという意味では、公暁と実朝とは単なる対比的な存在ではない。[*6] 実朝が歴史に呑みこまれ、死へと傾斜せざるを得なかったように、公暁もまた実朝を殺さざるを得なかった。そのことは、公暁が空腹をいやすためではなく、我を忘れてしまうほどの異様な欲望に突き動かされて蟹を食べていることからも推察される。吉田凞生は「実朝＝公卿というニヒリズムの両面が、義時という現実政治のメカニズムを呑みこんでしまう」と指摘しているが[*7]、公暁が実朝の「御首」を（象徴的に）喰らったことを思えば、それはコインの裏表というような静的な様相ではなく、もっと動的な関係であるといえるだろう。

そして、実朝周囲の明るさが明るくなるほど、公暁は追い込まれていく。実朝が「ただごとではない」拝賀式を準備しており、「ともしびの、まさに消えなんとする折、一際はなやかに明るさを増す」「平家ハ、アカルイ」と明るさの絶頂を示すとき、一方に、追い込まれていく公暁がいる。近習が実朝の言葉に予言的な意味を見出そうとすればするほど、実朝と公暁はその関係を強める。

破戒の禪師は、その頃、心願のすぢありと稱して一千日の參籠を仰出され、何をなさつてゐるのやら鶴岳宮に立籠つて外界とのいつさいの御交通を斷ち、宮の內部の者からの便りによれば、法師のくせに髮も髭も伸ばし放題、ことしの十二月、ひそかに使者をつかはして大神宮を奉幣せしめ、またその他數箇所の神社にも使者を進發せしめたとか、何事の祈請を致されたのか、何となく、いまはしい不穩の氣配が感ぜられ、一方に於いては鎌倉はじまつて以來の豪華絢爛たる大祭禮の御準備が着々とすすめられ、（後略）

引用箇所は、「豪華絢爛たる」拝賀式の準備が進めば進むほど、「死ぬんだ。私は、死ぬんだ」と言っていた公暁が、髪も髭も伸ばし放題、外界との交通を断ち、追い込まれていく姿が「一方に於いては」という語で結ばれ、描かれている。自然そのままに、無心で、天の心をわが心とする、いわば天の論理に自分を置いている実朝と、いわゆる〈近代的な小説〉の自我意識を示す公暁とがつながっている証左となろう。作家論的に言えば、いわゆる〈太宰的な言葉〉を口にする公暁と、天の論理が繋がっているということだ。天の水が地上では雪となるように。透明な空を写す水は、地上で雪の礫となり、蹴り散らかされる。それが本作の眼目である。

最後に、題名に掲げられている「右大臣實朝」の「右大臣」が何を示すのかを考えておこう。「御家人といひ士民といひ、ほとんどその財産を失ひ、愁歎の聲があからさまに随處に起る有様でございました」とあり、民としても限界が近づいている。相州、広元は「諷諍」し、北条としても限界である。また、先に見たように、「死ぬんだ。私は、死ぬんだ」と口走る、公暁としても限界である。いわば、「右大臣」は、限界性を体現している。そして、その限界性が物語を小説ならしめている。

注

＊1　太宰は「碧眼托鉢」のなかで「内村鑑三の随筆集」について「これは、「自然」と同じくらゐに、おそろしき本である」と言った。また、「めくら草紙」では「太古のすがた、そのままの青空」をリフレクトして「音もなく這ひ流れる」「盥の水」を「人工の極致」と呼ぶ。それは「水至りて渠成る」、小説の到達しえない理想の形を表す。この流れる「清水」は、『お伽草紙』の「舌切雀」のなかで、お爺さんと舌を切られた雀の「お照さん」とが「何も言はず、庭を走り流れる清水を見て」、「生まれてはじめての心の平安を經驗した」場面へと変奏される。自然、信仰、言葉、小説を切り口とした論への道が拓いている。

＊2　筆者とは別の立場からではあるが、「右大臣實朝」と「めくら草紙」との関わりを論じた先行研究として、中村直幸「太宰治『右大臣実朝』小論——深淵への志向——」（『国語国文学』三四号、一九九五・四）がある。同論文では、「読者の読みを拒絶する「実朝」を、我々はどう理解したらいいのか。彼の心象風景はどこにも描かれていないのである。〈何も書〉かれていず、『めくら草紙』（昭11）の言うように、〈ただ生きてあ〉った、それが実朝なのだ」とされている。筆者は青空をリフレクトさせる水（水溜り）というモチーフを、自然と芸術との関わりから論じられると考えている。「めくら草紙」において青空をリフレクトする様が「無音」であることも重要である。

「HUMAN LOST」に「實朝をわすれず。／伊豆の海の白く立つ浪がしら。／鹽の花ちる。／うごくすすき。」とあるのは、実朝の歌にある浪を、梅の花、更にすずきとして捉え直したと考えられる。同じ歌について小林秀雄は「耳に聞えぬ白浪の砕ける音を、遥かに眼で追ひ心に聞くと言ふ様な感じが自ら現れてゐる」「耳の病んだ音楽家にはこんな風な姿で音楽を聞くかも知れぬ」と捉えている。また、渡部泰明「八大龍王雨やめたまへ――実朝の音」(『文学』六巻四号、二〇〇五・七)は、実朝の音への固執と実朝の歌に見られる独特な「音」について論じている。このところで、「走れメロス」でメロスを生き返らせる泉も、「足もと」から「潺潺」とわきあがっている。この「潺潺」は、禅語の「雲悠々水潺潺」を想起させ、やはり、水と空との対比関係を示唆する。メロスでは疑いが「雲」となり、メロスは「黒い風」となり、不信の群集を濁流同様に掻きわけ、掻きわけ進んでいく。赤と黒との色彩の配置も絶妙である。

＊3　この個所は『承久軍物語』にはなく、太宰の加筆と考えられる。

＊4　「太宰治『右大臣実朝』論――回想する「私」／引用する〈作者〉」(「日本文藝研究」五〇巻二号、一九九八・九)

＊5　「太宰治『右大臣実朝』」(「国文学解釈と鑑賞」三六巻七号、一九七一・六)

＊6　近習の目には、美しく風流な実朝と、醜く俗な公暁と映っているようにも読めるが、近習の語りにおいても、「なつかしい」という語において、両者は重ねられている。

＊7　「右大臣実朝」(「国文学」一二巻一四号、一九六七・一二)。又、同論では、「公暁の蟹の脚を噛む「かりり」という音の響きは、彼の見栄坊の血と正確に対応している」とも指摘されている。

結

太宰文学と〈音〉

「ダス・ゲマイネ」は昭和一〇年一〇月に「文藝春秋」に発表された。主な登場人物は、佐野次郎というあだ名で呼ばれる「私」、音楽科の学生馬場、画学生の佐竹、そして職業作家の太宰である。この四人は、小浜逸郎が「この作の主人公は、平準化された四人の登場人物が四面鏡張の部屋の中で、卍どもえに嚙み合うような〈構成〉それ自体であると言える。」[*1]とするように、それぞれがそれぞれを写しあい、反射しあうかのような関係である。四章立てで「私」が語る一人称形式の小説だが、視点人物であるはずの「佐野」は物語途中（三章）で死んでしまう。だが、「私」の死後も語りは続けられ（四章）、一人称が消えても〈私小説〉は成り立つのか？ という小説的な実験が試みられている。その意味でも、佐野ではなく、四面鏡張の中の〈構成〉それ自体が主人公との小浜の指摘は的を射ている。この小浜の指摘を引用しつつ、松本和也は「ここで起こっているのは単に佐野次郎一人の自己同一性の溶解に留まらず、佐野が四青年を代表していた以上、《分身》とされた「太宰」、佐竹、馬場もまたそれぞれ固有の「影を盗まれた」ことになる筈だ。となると、四人の青年は、馬場をして「たいへんな仲間」「ははん、この四人が、ただ黙つて立ち並んだだけでも歴史的だ。」といわせしめるほどの個性の持ち主でありながら、必ずしも所与の自律した主体としては描かれておらず、お互いがお互いに相補的な《分身》として、〝四人↕一人〟であり、佐野はテクストの類似という主題を担う任意の代表に過ぎないのだ」と指摘している。[*2]

本作では佐野の主体性、自律性の稀薄さが「フレキシビリテイの極致」という語に示され、「フレキシビリテイ」という語が繰り返される。そして、四章に入り、自我同一性が崩壊する「フレキシビリテイの極致」の様態として

「水は器にしたがふものだ」と語られている。つまり、〈水〉がその器によってさまざまに変化しうることが、「フレキシビリテイの極致」を体現している。換言すれば、この〈水〉の形容により、前述の〈鏡〉の形容は〈水鏡〉と受け止められる。佐野は自我同一性が失われ、〈鏡〉の中に溶解し、〈水〉に呑みこまれる。

そして、本作は一人称形式であるにもかかわらず、一人称を担っていた佐野亡き後も、語りは続く。語りが続くということは、小説空間には語り手である「私」の存在（非存在）が響きつづけていることを意味する。

但し、本作では、その音によって、遡及的に物語に意味を持たせたり、物語が調律されたりすることはない。音は汲み上げられない。その意味で、その〈音〉を基点として、〈音〉が回収され、物語化されることはない。寧ろ、瓦解の〈音〉が響いていること、そのことが企図されているのではないだろうか。

小説の中で佐野の非存在を、彼の自我同一性の喪失を表すのは、如上の佐野が〈水鏡〉に呑み込まれていく場面だろう。その佐野の死の場面を見てみよう。

私はひとりでふらふら外へ出た。雨が降つてゐた。ちまたに雨が降る。ああ、これは先刻、太宰が呟いた言葉ぢやないか。さうだ、私は疲れてゐるんだ。かんにんしてお呉れ。あ！　佐竹の口眞似をした。ちえつ！　ああ、舌打ちの音まで馬場に似て來たやうだ。そのうちに、私は荒涼たる疑念にとらはれはじめたのである。私はいつたい誰だらう、と考へて、慄然とした。私は私の影を盗まれた。何が、フレキシビリテイの極致だ！　私は、まつすぐに走りだした。齒醫者。小鳥屋。甘栗屋。ベエカリイ。花屋。街路樹。古本屋。洋館。走りながら私は自分が何やらぶつぶつ低く呟いてゐるのに氣づいた。――走れ、電車。走れ、佐野次郎。走れ、電車。走れ、佐野次郎。出鱈目な調子をつけて繰り返し繰り返し歌つてゐたのだ。あ、これが私の創作だ。私の創つた唯一の詩だ。なんといふだらしなさ！　頭がわるいから駄目なんだ。だらしがないから駄目なんだ。ライト。爆音。星。葉。信號。風。あつ！

四人の登場人物が、互いが互いを写し合う〈鏡〉――小浜論の言葉を借りているならば「四面鏡」――であるとするならば、この箇所は、佐野が〈鏡〉に呑みこまれる場面である。引用部の前半では、「太宰が呟いた言葉ぢやないか」「佐竹の口眞似をした」「舌打ちの音まで馬場に似て來た」とあるように、鏡面に反射する様子が示され、佐野の自己同一性は溶解し、〈鏡〉の中に呑みこまれていく。引用部末尾の、「ライト。爆音。星。葉。信號。風。あつ！」という名詞と感嘆語が羅列される、「詩」的な語句のつらなりは、いわば〈鏡〉に佐野が呑みこまれていく様の表現である。

佐野が自我同一性を失う〈〈水〉に呑みこまれる〉後も小説が続くということは、一人称の語りによって構築される小説空間に語りを担っていた佐野亡き後も「私」の語りの音が響き続けていることを意味する。絵画の画面を作りあげるのは絵具を載せた筆致である。絵画にその空間性を感じ取れるのは、我々が筆の痕跡を忘却し、それがつくりだす意味に専念するからだ。一方で、本来、筆致とは物理的なものであり、物質性を伴う。この「ダス・ゲマイネ」で〈主体〉が瓦解する〈佐野が死ぬ〉瞬間を捉えた、「詩」的な言葉の連なりは、言葉の意味性が、言葉の物質性へと転換する筆致を意識させる。言葉の物質性を意識させる太宰的術語〈葉〉もしっかりと描き込まれている。そして、「葉」を鳴らす「風」、光の振動である「星」、あるいは「ライト」や「信號」など、その意味は様々に考えられるが、本章では、小説空間の意味のなかに没入しにくい言葉の物質性を意識させる言葉であり、小説空間を構成していた「私」の瓦解の感触であることをまずは指摘しておきたい。

「水は君の器にしたがふ」は、「めくら草紙」などにも使用され、〈水〉はそのフレキシビリティを活用するかのように、雪、霧、海…として現れる。「斷崖の錯覺」においても、「すぐ足もとから百丈もの斷崖になってゐて、深い朝霧の奥底に海がゆら〳〵うごいてゐた」とあり、「道化の華」は「葉藏は、はるかに海を見おろした。すぐ足もとから三十丈もの斷崖になつてゐて、江の島が眞下に小さく見えた。ふかい朝霧の奥底に、海水がゆらゆらうごいてゐた。／そして、否、それだけのことである。」で作品が結ばれている。その海の水には、「僕」が「この手もて」「水にしづめた」女が沈んでいる。この結末は、女との心中が再現されるのではないかと危惧さえ抱かせる。海には死の欲動があり、語り手の視線、作品の重点は「眞下」にあり、「道化の華」はそれによって生成されている。このように、いわゆる初期の作品においては、〈水〉に呑みこまれる、沈むことに物語のベクトルがむかっている。その点は「ダス・ゲマイネ」も同様である。

太宰作品において、最初に聖書が引用（カギカッコ付きで引用句として示）されるのは、随筆「難解」である。この作品は「ダス・ゲマイネ」と同時期、昭和一〇年一〇月に発表された。そして、そこで引用されたヨハネ福音書の「太初に言あり。言は神と偕にあり」云々は、のちに小説「I can speak」のなかで小説空間を構成する重要な要素となる。「I can speak」では、酔漢が管を捲く言葉を基音として、創造主の言葉が最も高い倍音として響いている。いわば、〈音〉は物語を生成する磁場に響き、物語に月の光としてあまねく降り注ぐ。

「ダス・ゲマイネ」にも聖書からの引用と思われる言葉はある。彼等が同人誌を発刊しようと計画した時に、その同人の合言葉として、「一切誓ふな。幸福とは？　審判する勿れ。」が挙げられている。この三つは山上の垂訓（マタイ五～七章）を彷彿させる。山上の垂訓は、「幸い　地の塩、世の光　律法について　腹を立ててはならない　姦淫してはならない　離縁してはならない　誓ってはならない　復讐してはならない　敵を愛しなさい　施しをするときには　祈るときには　断食するときには　天に富を積みなさい　体のともし火は目　神と富　思い悩むな　人を裁くな　求めなさい　狭い門　実によって木を知る　あなたたちのことは知らない　家と土台」であるが、冒頭の「幸い」は人口に膾炙した貧しい者は幸せであるに始まるもので、「幸せとは？」を示す内容だ。五章三四節には

「しかし、わたしは言っておく。一切誓いを立ててはならない」とあり、これは合い言葉の「一切誓ふな」と結びつけざるを得ないし、七章一節の「人を裁くな。あなたがたも裁かれないようにするためである」は、同様に「審判する勿れ」そのままである。

山上の垂訓の「なんじら断食するとき、かの偽善者のごとく悲しき面容をすな」は「狂言の神」に引用され、「空の鳥を見よ。蒔かず刈らず倉に納めず」は「狂言の神」のほか、「一日の労苦」「十五年間」「新郎」「渡り鳥」と作品内に次々と引用される、太宰作品ではおなじみの語句である。「鳥」が太宰作品のなかで重要なモチーフであることは、繰り返し述べてきたとおりであるが、鳥と聖書的な世界のアレゴリーを考えると、「ダス・ゲマイネ」でも、気になる鳥が登場する。佐野（「私」）が佐竹にあったときのことだ。

「ペリカンをかいてゐるのです。」とひくく私に言つて聞かせながら、ペリカンの様様の姿態をおそろしく乱暴な線でさつさと寫しとつてゐた。

ペリカンは自分の血を言葉に飲ませる、その自己犠牲性から聖母マリアやイエス・キリストを寓意するとされることがある。[*3] しかし、聖書を下敷きとする語句やペリカンが登場しながら、「ダス・ゲマイネ」では「I can speak」その他の作品「櫻桃」などと違い、聖書的な世界のアレゴリーが組みあげられるようには作られていない。寧ろ、壊す／壊されることのほうに力点があり、その破壊音、意味（性）がなくなる〈音〉を聞かせることを企図している。その意味では、作者自身が「海」といふ作品をずたずたに切りきざんで」とその構成を示した「道化の華」と同様の意味で〈現代性〉を有した作品と言え、「ダス・ゲマイネ」（＝卑俗）という題名が示すように、日常的なものによって世界を描きだしている。（付言すれば、佐野次郎の死後に「ペリカン」は、「ぺりかんの畫が賣れたのだ」という形で触れられ、遊興費、着物や帯代として流通することが示唆される。）

「ダス・ゲマイネ」の〈現代性〉を考えるうえで、馬場の逸話（伝説？）に登場するシゲティは注目に値するだろう。ヨゼフ・シゲティは一八九二年ブタペストに生まれのバイオリニストで、昭和六年、七年に来日している。当時、彼の演奏は新即物主義と評価されていた。新即物主義は、西村将洋が明らかにしたように、[*4]『日本浪曼派』を考えるうえで視座となりうる潮流である。また、「會舘藝術」第九輯（朝日新聞社會事業團、一九三二）はヨセフ・シゲティの特集を組んでおり、同誌には井伏鱒二の「頬張れの思想」も掲載されている。また、やはり馬場の口からプラーゲ旋風を示唆すると思われる、「馬場はドクタア・プラアゲと日本の樂壇との喧嘩を嚙んで吐きだすやうにしながらながながと語り、プラアゲは偉い男さ、なぜつて、」とも書かれている。ここでは換金の問題が潜んでいる。太宰作品で言えば「駈込み訴へ」にも見いだせる問題だ。これらについては別稿を期したい。

いずれにせよ、「ダス・ゲマイネ」では、四人の主だった登場人物の〈水〉鏡の反射から、そこに瓦解する〈音〉を響かせていたのに対し、「斜陽」においては、やはり主だった四人の登場人物それぞれの存在を反響させながら、小説空間に見事な音響を築いている。瓦解する「あっ」の小説から、反響する「あ」の物語へ。ここにひとつ太宰文学の変遷を指摘し得る。

更にもうひとつの変遷の形として、水たまりとそれを写しだす青空という、〈水〉と〈空〉の対面する場を藝術の拠り所として生成する作品群が生み出されていく。「鷗」の該当部分を以下に引用する。

> 路のまんなかの水たまりを飛び越す。水たまりには秋の青空が寫つて、白い雲がゆるやかに流れてゐる。水たまり、きれいだなあと思ふ。ほつと重荷がおりて笑ひたくなり、この小さい水たまりの在るうちは、私の藝術も據りどころが在る。この水たまりを忘れずに置かう。

水たまりを覗き込む「私」が飛び越すときに発見している。そして、「鷗」では、「私」自身が「唖の鷗」と比喩されており、「私」自身が「鷗」として水たまりに写っているであろう。水たまりを眺める私の視点が（描かれていないながら）青空を写し込む水たまりには存在していて、太宰作品に見られる、瞳にうつす青空の変奏とみなせよう。そして、青空とその青空を写す水溜りの重なりから物語を生成する〈音〉の現場性を仄めかす。それは「右大臣實朝」では実朝の自然そのままの無心の歌として表象する。「新郎」（一九四二・一）には、「青空もこのごろは、ばかに綺麗だ。舟を浮べたいくらゐ綺麗だ」という文章があり、実朝の「澄み渡つた」「爽やかな」「青空」のような「お心」と「水の流れ」との関わりも、水に青空が写りこむような、青空に水が写りこむような想念の提示であると考えられる。それは「さらさら流れでる」実朝の歌でもある。

この青空と水（海）の二重写しは、例えば「お伽草紙」の「瘤取り」に描かれる「浅みどり、とでもいふのか、水のやうな空に、その月が浮び、林の中にも月影が、松葉のやうにこぼれ落ちてゐる」、「この世のものとも思へぬ不可思議の光景」にも通じる（ここでも、月の光が満ちていることに心を留めておこう）。東郷克美も指摘するとおり、この景色は、「浦島さん」における海底の描写のかすかな前触れであり、「舌切雀」におけるお宿の描き方との共通点も指摘できる。*5 浦島さんは亀の甲羅に乗って竜宮に行く際に、「ひつくりかへつたまま、つまり、腹を上にしたまま泳いで、さうして浦島の龜の甲羅にくつついて、宙返りを半分しかけたやうな形で、けれどもこぼれ落ちる事もなく、さかさにすつと龜と共に上の方へ進行するやうな、まことに妙な錯覺を感じた」と書かれ、ここでは文字通り、深海の下が天となり「ひつくりかへつ」ている。やはり、水が青空をうつすような、青空が水をうつすような反転が見られる。そして、「いつも五月の朝の如く爽やかで、樹陰のやうな緑の光線が一ぱい」の海の底では、乙姫の弾く琴の音が響いている。

東郷論の言う「舌切雀」のお宿との共通点とは、お爺さんと舌を切られた雀の「お照さん」とが「何も言はず、庭を走り流れる清水を見て」、「生れてはじめての心の平安を經驗した」場面を指すのだろう。この描写は「めくら草紙」の「太古のすがた、そのままの青空」をリフレクトして「音もなく這ひ流れる」「盥の水」を「人工の極致」と呼び、――「水到りて渠成る」――小説の到達しえない理想の形を表す箇所も想起される。その意味で「鷗」のいうような「藝術の據りどころ」と成り得るだろう。

「浦島さん」では乙姫の琴の音「聖諦」が響く。「鷗」で語られた「藝術の據りどころ」とは、「お伽草紙」と同様に海が空であり、空が海である、いわば二重の風景だ。そして、それは、そこから作品を支える〈音〉が見出される、作品生成の磁場を示すものではなかったか。このような感覚は「筒井筒」の中にある井戸の中に写される姿とも重なっており、謡曲のうねりとシテの主体のブレとが共振する。

しかし、この「藝術の據りどころ」で常に音が響くとは限らない。「めくら草紙」では「音もなく」流れている。ここで本書の冒頭に話は戻る。太宰治の随想に「音について」がある。その結尾には「聖書や源氏物語には音はない。全くのサイレントである」と書かれている。しかし、こと「聖書」について言えば、「全くのサイレントである」はずはない。そこでは、サウロは雷に撃たれ、鶏の声は天を割き、パウロは涙を流す。太宰自身、聖書的世界に無知ではない。なれば、この「サイレント」というのは、様々な〈音〉を含有する無音であるはずだ。「I can speak」は、酔漢の言葉を基音とし、もっとも高い倍音として「はじめに言葉ありき」という「聖書」の言葉が響いている。

初期の作品「ダス・ゲマイネ」は四人の中心人物がそれぞれをリフレクトさせながら構成させる小説空間であり、かつ一人称の語りの形式をもつ。そして、その一人称の担い手「私」が死んだのちも、その小説空間は存在しうるのかを実験している。そこで聞こえてくるのは、四人の登場人物たちが構成する空間が瓦解し、それらを構成していた「私」の言葉の物質性が露出された、「私」の死の直前の「詩」のような言葉の羅列であり、もしかしたら、その先にある「死」の無音の感触であるかも知れない。小説空間を作り出す筆使いのマチエル、物質性が明らかにされ、その時に空間が壊われる（一人称形式の「私」が死ぬ最後の言葉）「あっ！」が私の死後に小説空間に残される。「ペリカン」という聖書的な寓意を有する鳥も、山上の垂訓を背後に持つ四人の合言葉も、物語を其処から汲み上げる磁場にはなり得ない。そもそも物語は汲み上げることを要請しておらず、「私」の死の直前の、「詩」的な言葉が示されることに力点が置かれている。

一方で晩年の作品「斜陽」では、「ダス・ゲマイネ」同様に四人の登場人物で構成される、「私」語りの物語であるが、「十字架」や「蛇」「蝮」「虹」など聖書的なモチーフによって、それぞれ倍音を響かせながら、物語は遡及的に反転し、「聖母子像」を浮かびあがらせる。「ダス・ゲマイネ」の「私」の死の直前の言葉が「あつ」であり、それは（残響することはあっても）反響することはないが、「斜陽」では「あ」という「幽かな叫び」がそこここに響く。

この二作品を並べてみるだけでも、太宰文学における〈音〉の変遷が見てとれる。派生的に太宰作品と聖書的世界を考える上での〈音〉の重要性も指摘できる。

忘れてはならないことは、「藝術の據りどころ」となるべき「青空」と「水溜り」の「二重の景色」に閉じ込められているのは、「音楽」ではなく、いまだ音楽にならない「「音楽性」の言葉」である点だ。そこは「全くのサイレント」なのだ。そのような〈音〉を太宰作品の中に聞き取ることの重要性を本書によって明らかにできたのではないかと期待する。

高橋英夫は、宮澤賢治の「春と修羅」をとりあげ、「空から、梢からは深々と降ってくる光があり、地の底から「喪神」の思いで仰ぎ見るさかしまの眼差しがある。だからそれは「二重の風景」だ。「しんしん」たる静寂。だが、からすは「ひらめいてとびたつ」。この「喪神」の中に賢治のいまだに声にはならない声が、音楽にはならない音楽が封じこめられている。（中略）これは賢治の「音楽」ではない、まだこれは「音楽」にはなっていないだろう。だが、ここが「音楽性」の言葉ではないだろうか」と説明している。[*6] 音楽ではないが、音楽が生み出される音楽性がこめられた「二重の風景」。これは、大橋良介のいう「場所の言葉」における現場性を示唆するのではないだろうか。大橋良介は「場所の言葉」を「物語を語る語り手は、まずは「事柄の語り」に耳を傾けている。それは、人間が言葉を発するということのさらに根底、人間が自分の主観から立ち出て事柄のもとに出かけ、これに習うという事態があることを示唆する。そうであれば、言葉の主体は人間だとしても、その人間の在り方は、単に人間主体という観点からではなくて、人間がそこで事柄と出会うような「場所」の観点からの省察を必要とする」と指摘している。[*7]「物語を語る語り手は、まずは「事柄の語り」に耳を傾けている」。それは「世界――内――言語」と示しうる、「いったん成立した」ものとは異なり、「世界――起――言語」と表しうる言葉であり、「聞く」ことによってしか経験し得ない。ヴィトゲンシュタインは「語り得ないことについては沈黙せねばならない」と言う。しかし、続ける。「それについては聞き入ることのみができる」と。大橋の主張に随い、太宰作品の拠りどころとなった、水たまりから生み出される、――「世界――内――音」としての音ではなくして――「世界――起――音」としての〈音〉に耳をすませたい。太宰作品の根底を支える〈無音〉とはどのような〈音〉なのであろう。その一端を本書で呈示できていることを願いつつ、擱筆する。

注

＊1　『太宰治の場所』（弓立社、一九八一・一二）

＊2　松本和也「太宰治「ダス・ゲマイネ」の読解可能性」（『立教大学日本文学』八七号、二〇〇一・一二）。後、『昭和十年前後の太宰治』（ひつじ書房、二〇〇九・四））

＊3　例えば『世界美術全集』（平凡社、一九三〇・一）には「ピエタ」の説明として、「「ピエタ」は悲哀、苦痛の意味、又、自分の血で雛を養はうが為に割腹した鵜鴣と云ふ名詞に使われる」とある。
＊4　「雑誌『コギト』とドイツ文学研究――新即物主義を起点として――」（『社会科学』七〇号、二〇〇三・一）
＊5　「「お伽草紙」の桃源郷」（『太宰治Ⅱ』有精堂出版、一九八五・九）
＊6　『音楽が聞える――詩人たちの楽興のとき』（筑摩書房、二〇〇七・一一）
＊7　『聞くこととしての歴史――歴史の感性とその構造』（名古屋大学出版会、二〇〇五・五）

おわりに

本書では、宮澤賢治の「春と修羅」に関する論考を引きながら太宰治の作品に散在する青空を写し込む水溜り、水溜りを写し込む青空という風景の二重性とそこから聞こえてくる〈音〉に注目している。

この風景の二重性は、高橋英夫が宮澤賢治の詩に見出したことからも窺えるように、太宰作品に特有のものではなく、文学的な動機《モチーフ》としては一般的でさえあるかも知れない。夢野久作「少女地獄」のなかの主要人物のひとり「火星から来た女」と呼ばれた人物は、県立女学校で廃屋の二階にあるボロボロの安楽椅子に座り、青い空をジイッと眺める習慣があった。「私の心の底の空虚と、青空の向こうの向こうの空虚とは、全くおんなじ物だと言う事を次第に強く感じて来ました」と彼女は言う。もともと、「青空の向こう」は自分が死んだ後（もしくは生まれる前）にある／あった背景を想起させる場所であり、そのような青空と自分の心の底とを重ねるのは人間の情として自然な働きなのだろう。この「空虚」感は「女生徒」の「カラッポ」やそこにある重層的な時間を想起させる。あるいは、谷川俊太郎は「あの青い空の波の音が聞えるあたり」と呼ぶ。そこで「何かとんでもないおとし物を僕はしてきてしまったらしい」と。空と海との二重うつしは古今和歌集からお馴染みの風景であるが、本書で対象としたいのはそこから聞えてくる、作品の磁場となり得る生起性を有する〈音〉、いわば作品に胎萌する〈音〉がいかに物語を生成するのか、もしくは作品完成後にあっては、文学作品においてそのような〈音〉をいかに聞き得るかという構築、音響の機構である。

具体的な接近法としては、太宰文学における「青空を写し込む水溜り、水溜りを写し込む青空」や「啞の鷗」となって見る「青空を写す水溜り」などに注目しつつ、個別の太宰作品のなかに分け入って、物語の森のなか、言葉の繁みの向こう側から聞こえてくる〈音〉に耳を澄ますよう心掛けた。換言すれば、各作品を読むことで、太宰文学における〈音〉を響かせる機構の特徴を明らかにすることを目指した。

本書を刊行するにあたっては、JSPS科研費10435240の助成を受けている。そこでは「〈感覚〉作用、特に〈音〉注目した環境教育と文学教育の横断的教育と実践」を中心の課題としており、その成果物としてこの春に「水月」を刊行した。その編集後記にも記したが、雑誌名は「水月通禅寂／魚龍聴梵聲」に由来する。「唐に留学していた僧が日本に帰国する舟の上で読経をしている。魚や龍がその読経の声に耳を澄ましている」というその漢詩の内容を受け止めながら、私の頭の中には、Of Monsters and Men の「Love Love Love」のビデオクリップの映像が浮かんでいた。山羊のような牛のような姿をした怪物が小舟に乗り、その小舟が浮かぶ水の下を眺めている。カメラが引いて全体がうつると、水の中には龍がいて上を見上げているという、ゆらゆら揺れる、モノクロの、少し幻想的な映像だ。そして、萩原朔太郎の「およぐひとのたましいは水のうへの月をみる」という水に映る月や、井戸を覗き込むシテの姿や謡曲のうねりと主体のブレの共振――「送僧帰日本」を目にして、これらのことすべてが一瞬に渦巻き、是非題名にしたいと考えたのだ。太宰治の作品を対象にして〈音〉を考えた時に囚われる、青空とそれを写す水溜りの重なりから〈音〉がするという感覚もまた、その時に渦巻いた感覚に含まれており、〈音〉に対しての問題意識や研究姿勢は本書でも共通して貫かれている。

北村薫『太宰治の辞書』は、芥川龍之介の「舞踏会」に対して書かれた三島由紀夫の評「美しい音楽的な短編小説」「この短編のクライマックスでロティが花火を見て呟く一言は美しい。実に音楽的な、一閃して消えるやうな、生の、又、詩のモチーフ」「「舞踏会」は、過褒に当るかもしれないが、彼の真のロココ的才能が幸運に開花した短編である」を補助線として、芥川龍之介（「舞踏会」）――三島由紀夫――太宰治（「女生徒」）をつなぐ、〈ロココ花火〉の線を浮き彫りにしてゆく。とても楽しい小説だ。芥川――太宰をつなぐ「華麗のみにて内容空疎」な「純粋の美しさ」をもつ一閃の音楽性に耳を傾けつつ、一方で、太宰作品にある〈ロココ花火〉ならぬ〈ロマネスク花火〉はどのように考えればよいのだろうと脳味噌が動き始めた。水面に映るために、花火がもくもく池の底から湧いて出るように見える水花火。太宰が「私」の創作は全部それによって教えられたものであると言っても過言でない程、重大であったとする「思想」。地がひっくりかえった海の底、つまりは空の彼方から響く〈聖諦〉の音とそれらとは、どのようにかかわるのだろう。また、琴（「お伽草紙」など）やヴァイオリン（「鷗」など）の弦の振動を音とする調べと笛（「葉櫻と魔笛」など）の空気の振動を利用する音の調べとはどのような違いがあるのだろう。

鉱石のように光輝いている動機《モチーフ》は数限りなく聞こえ、まだまだ論じきれていない作品がたくさん残されている。これから、太宰文学の中を少しずつ歩き、森や洞窟に分け込り、たちどまり、耳を澄まし、考えていきたい。

本書に収められた論文を書いているなかで印象的に考えていたことを少しだけ書き綴っておきたい。それは太宰文学のなかの視点が、限りなく死に隣接するものでありながら、宿命として死すべき存在のものでありながら、死後の世界にないということだ。例えば、乙一の小説では、「私」＝神の視点の小説を書き、「私」（視点人物）が死者であることも少なくない。感触として近いと思われる両者の小説の決定的な違いはそこにあるのではないか。更に、太宰作品では（視点を有する）死線ぎりぎりにいる人物の「罪」が、時に絶対に救われることがない位相にある、ということ。この感触は、私にとっては発見だった。このことについては、これから個別の作品を詳細に分析していくことで考えていきたいと思う。

最後に、この本に携わってくれた全ての方々に、私の周りにいてくれる人たちに心から感謝を表します。そして、翰林書房の今井静江様のおかげをもちまして、本書を刊行することが叶います。有難うございます。本書を今、手にして下さっているあなた様にも御礼申し上げます。

大國眞希

二〇一五年文披月

武器を楽器に持ち替えて

（動作の正確さは持続させるとして）

初出一覧

太宰文学におけるスペクトル
「太宰作品が描き出す色彩のスペクトル」(「文学・語学」二一〇号、二〇一四・八)

〈幽かな聲〉と〈震へ〉――「きりぎりす」
「太宰文学における〈幽かな声〉と〈震へ〉あるいは色彩と色」(『新世紀太宰治』双文社出版、一九九九・六)

水中のミュートとブレス――「秋風記」
「水中のミュートとブレス――太宰治「秋風記」」(「iichiko」一一二号、二〇一一・一〇)

〈灰色の震え〉と倍音の響き――「斜陽」
「〈灰色の震え〉と倍音の響き――太田静子のノートと太宰治「斜陽」」(「太宰治研究」二十三号、二〇一五・六)

小説に倍音はいかに響くか、言葉はいかに生成するか――「I can speak」
「小説に倍音はいかに響くか、言葉はいかに生成するか――「I can speak」前後」(「太宰治スタディーズ」四号、二〇一二・六)

〈鳥の聲〉と銀貨――「駈込み訴へ」
「〈鳥の聲〉と銀貨――太宰治「駈込み訴へ」を中心に――」(「学芸　国語国文学」四六号　二〇一四・三)

〈象徴形式〉としての能舞台――「薄明」
「〈象徴形式〉としての能舞台――太宰治「薄明」を中心に――」(『iichiko』一〇七号、二〇一〇・七)
ロマンスが破壊されても美は成立するか――「雪の夜の話」
「『雪の夜の話』を読む」所収「ロマンスは破壊されても美は成立するか」(『キリスト教文藝』二八号、二〇一一・五)
天国と地獄の接合点――「道化の華」
「天国と地獄の接合点」――「道化の華」」(『太宰治スタディーズ』三号、二〇〇〇・六)
生贄を求めて、ぽっかり口を開ける〈作家〉――「断崖の錯覺」
「生贄を求めて、ぽっかり口を開ける〈作家〉――「断崖の錯覚」ほか――」(『近代文学史研究』一六号、二〇一一・六)
失われし首を求めて――「右大臣實朝」
「「右大臣実朝」――失われし首を求めて――」(『太宰治スタディーズ』五号、二〇一四・六)
太宰文学と〈音〉
「水、鏡、音の変奏――「ダス・ゲマイネ」から」(『太宰治スタディーズ』別冊二号、二〇一五・六)

＊本書の刊行はＪＳＰＳ科研費 10435240 の助成を受けたものです。

【著者略歴】
大國眞希（おおくに　まき）
東京学芸大学連合大学院修了。博士（教育学）。
現在、福岡女学院大学教授。「人間によって象徴化された」との視点から文学作品を、絵画や音楽などの〈象徴形式〉との比較を通じて研究している。著書『虹と水平線』（おうふう、2009・12）。論文「〈文学サウンドマップ〉をつかった教育方法の可能性」（「水月」2015・4）など。

太宰治
調律された文学

発行日	2015年10月24日　初版第一刷
著　者	大國眞希
発行人	今井　肇
発行所	翰林書房
	〒101-0051 東京都千代田区神田神保町2-2
	電 話　(03)6380-9601
	FAX　(03)6380-9602
	http://www.kanrin.co.jp/
	Eメール●Kanrin@nifty.com
装　釘	須藤康子＋島津デザイン事務所
印刷・製本	メデューム

落丁・乱丁本はお取替えいたします
Printed in Japan. © Maki Okuni. 2015.
ISBN978-4-87737-386-3